文春文庫

暁からすの嫁さがし

二

雨咲はな

文藝春秋

目次

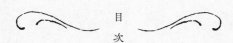

暁からすの嫁さがし

二

深山奈緒《みやまなお》の自宅から女学校への通学路沿いに、「あやしの森」と呼ばれる深い森がある。

古《いにしえ》からの形をほぼ崩すことなく保ってきたというその森は、伸びきった枝と茂った葉が上からの陽光を遮るため、鬱蒼《うっそう》として昼間でも薄暗い。

その中に足を踏み入れた者の大半は、土壌が豊かであるにもかかわらず生き物の気配がない不可解さに気づき、ぞっとして身を縮めることになるだろう。無音に近い静寂は、落ち着きよりも畏怖《いふ》と恐怖をもたらすものだ。

「あやしの森」はそのように、ひどく謎めいて神秘的な雰囲気が漂《ただよ》っており、不気味な噂の絶えない場所だった。

曰く、中に棲《す》みついている魔物が入ってきた人間を食べてしまう。曰く、迂闊《うかつ》に迷い込むと二度と外に出られなくなる。

曰く、森の奥深くにひっそりと存在する屋敷へ辿り着ける者は誰もいない――

奈緒はその噂を思い出しながら、あやしの森の中でぽつんと佇んでいた。

手には一本の黒い羽根が収まっている。息を吹きかければすぐにでも飛んでいきそうな頼りないその羽根は、風もない今の状態ではピクリとも動かなかった。

指を離したら、ふわふわと空中を舞って地面に落下してしまう。

生い茂った下草の上でただ静止しているだけの羽根を見つめ、奈緒は唇をぎゅっと引き結んだ。

次に顔を頭上に向けたが、張り出した枝と葉がその先の視界を塞《ふさ》ぐように広がっているばかりだ。それらの隙間からかろうじて覗《のぞ》く青空に、どれだけ目を凝《こ》らしても黒いカラスの姿は見当たらない。

森の中はしんと静まり返っていて、物音一つ聞こえなかった。

バサバサという羽ばたきの音も、「ナオ、元気だったか？」という賑やかな声も。

「勝手ね……」

奈緒はうな垂れて、小さく呟いた。

――耳を澄ませよ人の子よ、この声聞こえる者あらば、あやしの森へと来るがいい。

もともと、そう呼びかけてきたのは、首元に赤い三日月形の模様が入ったカラス「赤《あか》月《つき》」のほうだったのに。

他の人にはギャアという鳴き声にしか聞こえないその言葉を理解できた奈緒は、暁月《ぎょうげつ》家当主である当真《とうま》と出会い、彼の嫁候補と見なされた。

そして妖魔の存在と一族の使命を知り、森の奥にある暁月屋敷へも訪れるようになって、次第に当真との距離も縮まっていった。……少なくとも、奈緒はそう思っていた。

しかし、ある日突然、強制的にあちらから関係を断ち切られてしまった。

導き手となる羽根が何も反応しない以上、奈緒はもう屋敷へ行き着くことは叶わない。こちらから連絡を取るすべはなく、ぱっと手を離されてしまえば置き去りにされて途方に暮れるだけだ。自分たちの繋がりはこれほどまでに脆《もろ》いものだったのだと、今になって思い知らされる。

一度壊れてしまえば、それっきり。

このあまりにも一方的で唐突な別れに、奈緒はまったく納得していなかった。せめて理由を説明してもらわなければ、気持ちの持っていきようがないではないか。

自分の裡《うち》に芽生えた恋心も、どうしたらいいのか判らない。

……当真はなぜ、自分を拒絶したのか。

悄然《しょうぜん》と肩を落とし、のろのろと身を屈めて羽根を拾い上げた。そっと両手で包んでから、大事に懐の中にしまい込む。

当真と出会ったのが春の頃。今はもう夏に入り、蝉の声もしないこの場所で、奈緒は毎日、暁月屋敷への道を探し続けていた。精神的にも肉体的にも疲労が重なると、思考はどうしても暗い方向に向かっていってしまう。

もう諦めるしかないのだろうか。このまま年月が経つうちに、記憶も感情も薄らいで、妖魔のことも、自身が暁月の分家の末裔《まつえい》であることも忘れてしまうのだろうか。

そうして大人しくどこかの誰かに嫁入りして、何もかもを心の底に沈めたまま生きていくしかなくなるのだろうか――

そんなことを考えていたら、じわりと視界が滲んだ。胸の奥から、鈍い痛みが突き上げる。少しでも油断したら精一杯こらえているものが一気に溢れ出てきそうで、奈緒は袖先で目元を押さえながら急いで森を出ることにした。

薄暗い場所から燦々《さんさん》と陽の照りつけるところに移動して、ようやく小さな息をつく。眩しさに目を眇《すが》め、額に手をかざした。

そこで、ぴたっと動きを止めた。

自分の少し前方に、男性が一人立っている。

後ろ姿なので顔は見えない。だが、その人物は竹刀《しない》袋を背負っていた。まっすぐ背筋を伸ばした立ち姿が、奈緒の頭にこびりついて離れない青年の像と重なる。

せっかく拭ったのに、みるみるうちに涙が膨れ上がった。

「……当真！」

大きな声で叫んで、奈緒は勢いよく駆け出した。

第一話　暗影を投ずる

奈緒が勇んで摑《つか》んだ腕の持ち主が、目を瞠《みは》って振り返った。

「おっと、驚いた」

その顔を見て驚いたのは奈緒も同様だ。

全体的に整って引き締まった面立ち――しかし、長めの前髪から覗く切れ長の目はどちらかといえば柔和で、面白がるような光がある。いきなり後ろから無作法な真似をされたというのに怒りもせず、こちらの手を振りほどくこともしない。その表情には、他者を撥《は》ねつける厳しさどころか、誰でも受け入れそうな親しみやすささえ感じた。

通った鼻筋や唇の形など、似ているところはある。しかし似ているだけで、明らかに別人だ。

――当真じゃない。

「ご、ごめんなさい!」

人違いだということに一瞬激しく落胆《らくたん》してから、奈緒はすぐ我に返り、慌てて手を離した。動揺と羞恥《しゅうち》で顔を赤く染め、ぺこぺこと頭を下げて謝る。

その男性は着流し姿で、シャツとベストという洋装ではないということにも、今さらながら気がついた。身長だって当真より少し高い。竹刀袋を背負っているというだけで、どうしてすぐに決めつけてしまったのか、自分でも不思議なくらいだった。

「いや、別に構わないよ」

二十代前半くらいだろうと思われる青年は、快活に言って手を振った。

顔や背恰好が似ていると声も似るものなのか、奈緒の胸がまた疼《うず》くように痛んだ。あちらにはまったくない愛想がこちらにはある、という違いはあれど、どうしても感情が揺さぶられてしまう。

——じゃあ、元気でな。

最後に聞いた言葉と、その時彼が浮かべていた微笑《ほほえ》みを、思い出さずにいられない。

「知っている人と間違えてしまって……」

目を伏せながらもごもごと弁解を口にしたら、青年は少し目をくりっとさせてから、

「へえ」と唇の端を上げた。

「誰か知らないが、そいつは果報者だね。ま、こんな美人さんにくっつかれて嬉しくない男はいないから、気にしなさんな」

楽しげな笑みを口元に刻んで、調子のいいことを言う。外見は似ているのに、中身はどこまでも正反対らしい。

奈緒は「ごめんなさい」ともう一度謝ると、今度こそ家に帰るため、彼に背中を向け

て歩き出した。

足を動かしながら、胸のところに持っていった手を拳にして強く握る。

……やっぱり、無理だ。

これだけのことで、こんなにも心がざわめいている。すんなり諦めるなんて、到底できそうにない。ここで強引に気持ちを封じるような真似をしたら、胸の片隅には痛みとやるせなさがずっと残ることになるだろう。

「──そんなのは真《ま》っ平《ぴら》よ」

持ち前の気の強さがむくりと起き上がった。当真に似た人と言葉を交わしたことで、ひたすら困惑してばかりだった迷いは、決然とした意志に変わっていた。

必ず、当真に会いに行く。

闇雲に森を彷徨《さまよ》っても、決して暁月屋敷には辿り着けないことは理解した。当真と赤月のどちらも自分の前に姿を見せるつもりはなさそうだ、ということも。

だとしたら、次に打てる手を考えなければ。

諸々の感情を脇に押しやって、奈緒はようやくその結論に達した。

そして一度開き直ってしまえば、案外すぐに「次の手」も浮かんだ。むしろ、どうして今まで思いつかなかったのかと疑問になるほど単純なことだった。

自力で行くことができないのなら、他の誰かに連れて行ってもらえばいい。

本郷《ほんごう》だ。

そもそもあの人物とはじめて顔を合わせたのは暁月屋敷なのである。自らを「暁月家と政府の上のほうとの仲立ち役」と名乗った彼は、当真どころかその父のことも昔からよく知っていると言っていたし、実際、頻繁にあの場所を訪れてもいるようだった。

つまり本郷もまた羽根を持っている……あるいは暁月屋敷へ行くための別の手段がある、ということではないか。

だったら彼に事の次第を話して、協力を仰ごう。

素晴らしい案だと自画自賛して浮かれたが、すぐに、それはとんでもなく甘い見通しだったと痛感することになった。

一見気さくで磊落《らいらく》、たとえ初対面でも躊躇《ちゅうちょ》せず他人に物事を押しつけてくるという本郷だが、それでも彼は政府の高官なのである。そういう相手に、ただの女学生である奈緒のほうから接触しようというのは、非常に困難なことだったのだ。

操《みさお》を預かる際にもらった本郷の署名入り用紙があればまだよかったかもしれないが、そんなものはとっくに父親の手に渡っている。しかも不運なことに、貿易商である父の英介《えいすけ》は、先日買い付けのため外国に渡った。長い船旅なので、しばらくは帰ってこないだろう。

ならば手紙を書こうと思い立っても、肝心の自宅住所が不明だ。思いつく限りのところに問い合わせてみたが、そのうちの一つとして答えをくれることはなかった。

考えあぐねた挙句、奈緒は女学校の級友に片っ端から訊ねて廻《まわ》り、なんとか親戚《しんせき》に区会議員がいるという子を探し当てた。平身低頭で頼み込んで本郷への手紙を託したものの、いくら待っても返事は来ない。そもそも当人にまで届いたのかすら怪しく、途中のどこかで失笑とともに破り捨てられた可能性のほうが高かった。

人脈がないというのはこれほど不便なものかと、奈緒は歯噛みした。どれだけ真剣に訴えても、どの相手もこちらをただの女学生、ただの子どもだと侮《あなど》って、碌《ろく》に耳を傾けてもくれない。父が興《おこ》した深山商会はそれなりに名が知られているし、奈緒も「お嬢さま」と呼ばれる立場ではあるが、一人の人間としてはなんの力も手蔓《てづる》もない小娘でしかないのだと骨身に染みた。

女学校の夏季休暇が終わっても、状況は一歩も進まない。足踏みしているうちに秋になり、すぐ冬が来てしまうだろう。雪でも降ったら、森の中を探索するどころではなくなる。

これが最後の希望だと覚悟を決めて、奈緒はある場所を訪れた。

現在、操が暮らしている藤堂《とうどう》家である。

「――あなたが奈緒さんですね。操から話はよく聞いておりました。本来であればこちらからご挨拶とお礼に伺わねばならないところ、失礼をいたしました」

対面した藤堂夫人の口から真っ先に出てきたのが、そんな謝罪の言葉だったものだから、ただでさえ緊張していた奈緒はさらに浮足立ってしまった。

なにしろ藤堂家はれっきとした華族、しかも伯爵《はくしゃく》家なのだ。訪問したいという願いがすんなり通ったのはこの家に引き取られた操との間に繋がりがあったためで、本来なら奈緒が気軽に出入りできるようなところではない。

新時代となって、公卿《くぎょう》と諸侯が廃止されたといっても、身分差というものはまだ確実に存在している。いくら裕福だろうと、華族の人々から見れば、深山家は単なる「平民」でしかない。

しかも操の養母となった藤堂夫人は、非常に威風堂々とした女性だった。容姿はどちらかといえば地味なのに、相対しただけで姿勢を正さねばならないような空気をまとっている。藤堂家は由緒ある武家華族なのだそうで、なるほど血筋だと納得した。ちなみに操の父はこの家の婿養子で、夫人の父親から伯爵位を襲爵したという。

奈緒は顔を強張らせたまま、三つ指をつき深々と頭を下げた。

「……このたびは、突然の訪問にもかかわらずお受けくださって、お礼申し上げます。大変不躾《ぶしつけ》ながら、奥さまにお願いしたいことがあって参りました」

父親が貿易商をしている関係で、奈緒は幼い頃から洋風のものには慣れているが、日本の古式ゆかしい礼儀作法はさほど詳しくない。ばあやに確認して訪問着選びにも気を遣ったが、しんとした広座敷で藤堂夫人と一対一で向かい合うと、声が震えそうになるのをこらえるのでやっとだった。

「ええ、いただいたお手紙にもそう書いてありましたね。それは操のこととは関係なく、ということでしょうか」

「はい。わたしの……とても個人的なことで」

ここに来る前に考えていたそれらしい言い訳は、奈緒の頭からすべて吹っ飛んでいた。夫人はきっと適当な口実に誤魔化される人物ではないし、嘘を見破られた途端、信用に値しないとすっぱり見限られるような気がしたからだ。

「どうしても会いたいと思う人がおります。ですが、何も持たないわたし一人では、残念ながらそれが叶いません。どうか奥さまのお力を貸していただきたく――」

妖魔という存在のことだけは伏せたが、あとはなるべく正直に奈緒は事情を打ち明けた。その人に会うにはまず本郷と話をする必要があること、しかし自分の立場ではそれが難しいこと、ついては本郷と既知の間柄である藤堂伯爵の伝手《つて》を使わせてもらいたい、ということを。

夫人は黙って奈緒の話を聞いていた。しゃんとした態度を微塵《みじん》も崩さず、「どうしても会いたい人……」と呟いただけで、あとは質問をしてくることもない。

最後まで話し終えてもう一度深く頭を下げてから、奈緒がおそるおそる顔を上げると、彼女は重々しく頷いた。

「よござんす」

その一言に、奈緒のほうが固まった。これは「承諾した」の意味と捉えていいのだろうか。あまりにもあっさりした返事に、かえって混乱しそうになる。

「あの……よ、よろしいのですか？」

「奈緒さんには操の件で恩義がありますからね、そのくらいは容易《たやす》いことです。率直に申し上げれば、あなたのようなお嬢さんを、あんな胡散臭《うさんくさ》い人物に近づけるのは道義上いかがなものかと思いますが、あの方しか連絡が取れない相手ということなら致し方ございません」

藤堂夫人の目からも、本郷は胡散臭く見えるらしい。

「もともと私は、このようなやり方は気に入らないのです」

そう言って、憤然として息を吐いたので、奈緒は身を竦《すく》めた。

「申し訳ありません」

「ああ、いえ、奈緒さんのことではありませんよ。本郷さんのことです。お話を聞く限り、奈緒さんが会いたいと思う方と本郷さんは、かなり懇意なご様子。だとしたら、大体の事情はあの人もすでに摑んでいるでしょう」

言われてみればそうかもしれない、と奈緒も思い至った。

本郷のことだから、当真に会えば、その後奈緒とはどうなっているのかという問いの一つくらいは投げかけるだろう。それに対して当真が無言だったとしても、何かあったことは察するはずだ。

「それでも奈緒さんに何か言ってくるわけでもない。奈緒さんが必死になって駆けずり回っていることだって、あの人なら部下の一人でも動かせばすぐ判ることじゃありませんか。……つまりこれはね、本郷さんがこの状況を薄々知っていながら、無視を決め込んでいる、ということなんですよ。まったくなんて薄情な」

藤堂夫人は眉を上げていたが、奈緒はひどく衝撃を受けて、身動きすることもできなかった。

無視を決め込んでいる――そうなのだろうか。奈緒の手紙があちらにきちんと渡っていたとしても、破り捨てていたのは本郷自身であったかもしれないと？ だとしたら、藤堂伯爵を介して手紙を届けてもらっても意味はない、ということになる。

それほどまでに、奈緒という人間は軽んじられていたのだろうか。

「利用するだけ利用して、用が済んだら知らんふり。政治の世界ではそういうこともよくあるのかもしれませんが、私は好きではありません。そもそも、私の夫も含め、彼らは女と子どもを蔑《ないがし》ろにしすぎです」

藤堂夫人の理知的な額に一本皺《しわ》が寄った。彼女の夫は婿養子でありながら余所《よそ》に妾《めかけ》を囲い、その女性との間に生まれた操が母親から虐待されていても見て見ぬふりをしてきた人物である。

「それが今の世のあり方とはいえ、だからといって当然という顔をされるのは業腹というもの。本郷さんが逃げるなら、先回りして道を塞いでやればいいのです」

鋭い眼差しは、なんとなく獲物を狙う猛禽類《もうきんるい》を思い起こさせた。そういえばこの女性は、あの本郷さえ怯えさせた人物なのだ。

奈緒はつい口元を緩めたが、その時になって、羽根の効力が失われたあの日以降、自分がずっと笑っていなかったことに気がついた。

「半月後、瓜生《うりゅう》侯爵邸で菊見の会が催されることになっています。私もそこに招かれておりますから、奈緒さんも同伴できるよう手配いたしましょう」

「菊見の会……ですか？」

「政府関係者や軍人が大勢集まる場なので、本郷さんも来るはずです。そういう機会を、あの人は絶対に見逃しませんからね。あちらが来ないのならこちらから向かっていくまでのこと。直接捕まえて、締め上げておやりなさい」

元武家の女性らしい威勢のいい言葉を出して、夫人は口角をわずかに上げた。

「あ……ありがとうございます！」

お礼を言って再び頭を下げる。感謝とともに、じんわりとした温かさが胸の中に広がっていった。

彼女は、奈緒を子どもだと見下すことなく、対等の相手として扱ってくれる。人にも自分にも厳しいが信頼できる、気高い心の持ち主であるのだろう。

——いつか自分も、こんな風に誰かを勇気づけられる人間になりたい。

その時、閉じられた襖《ふすま》の向こうから、軽い足音とともに幼い声が聞こえた。

「おねえちゃんが来てるの？　ほんとう？」

その問いに小さく返事をする男性の声もする。訪問した奈緒をにこやかに出迎え、この部屋まで案内してくれた、奥さま第一主義の執事だろう。

「操、お客さまですよ」

襖に向かって夫人が注意すると、足音が止まった。代わりに、廊下で腰を下ろしたらしい小さな衣擦れの音がする。

「……おかあさま、操です。開けてもよろしいですか」

「よろしい」

その返事で、すっと襖が開けられる。ちんまりと行儀よく膝を揃えた操が、奈緒を目にすると、以前よりもずっとふっくらした頰を嬉しげに紅潮させた。

綺麗な着物を着て、肩のところで切り揃えた黒髪には赤いリボンが飾られている。瞳はきらきらと明るく輝き、記憶にあるよりも大人びた雰囲気になっていた。

おそらく厳しく躾けられたのだろう作法どおり、両手をついて頭を下げる。

「おね……奈緒おねえちゃま、ようこそ、いらっしゃいませ」

「まあ、操ちゃん……！」

伯爵家の令嬢らしい立派な「ご挨拶」をされ、感動のあまり涙ぐんでしまった奈緒を見て、「相変わらずだなあ」と思ったのか、操はにこにこ笑った。

そして、半月後。

奈緒は藤堂夫人に連れられて、瓜生侯爵邸に赴《おもむ》いた。

着いてみたら、その荘厳さに驚かされた。

二階建ての木造建築で屋根はスレート葺《ぶ》き、全体が直線で描かれた巨大な四角い箱のような形の侯爵邸は、どっしりとした重厚感があった。招待客たちを乗せた人力車が集まる車寄せの玄関ポーチは、頑丈そうな太い双子柱で支えられている。

規則的に並んだ窓の上部は、アーチ形の凝った意匠が壁面を飾っていて、見た目にも美しい。建物の南側二階には柱が並立した長いバルコニーがあり、東には庭に面してサンルームまで造られているという。

同じ「洋館」と言っても、白い板張りの壁に濃い緑色の瓦葺き屋根という奈緒の家とは、外観も規模もまるで別物だ。聞けば侯爵邸はイギリス人建築家が設計したジャコビアン様式の建物なのだそうで、アメリカ人建築家に頼んだ自宅とは、なるほど趣からして異なるわけである。

本日の会場は、この建物ではなく外の庭園であるらしい。広大な敷地には、厩《うまや》どころか馬場、他にテニスコートまであると聞いて、感嘆を通り越して呆れてしまった。

円形の瀟洒《しょうしゃ》な東屋《あずまや》が設けられた庭園は、下に芝が敷き詰められ、一つの鉢に一株ずつ植えられた様々な種類の大輪の菊がずらりと並べられている。

周囲には飲み物が置かれたテーブルも複数あり、着飾った招待客たちが会話や景観を楽しんでいた。男性はほとんど洋装だが、女性は和と洋が半々といったところ。奈緒のような着物姿でも、戸外だからか洋傘を差している女性もいて、なるべくそちらには目を向けないようにした。洋傘には嫌な記憶しかない。

「お客さまはほとんど華族の方ばかりなのですよね？」

今日の奈緒は「藤堂夫人の姪」ということになっている。傍らに立つ夫人に、声をひそめて訊ねた。

「ええ、そうですよ。瓜生侯爵は政府の要人ですから、その関係の方が多いでしょうね。あとは軍、それからご一新前に家臣だった方もいらっしゃるはず」

「異人さんもおられますね」

招待客は、ざっと見渡しただけでも百人以上はいるようだ。大部分が黒い髪色の集団の中で、陽の光に反射する金色の髪はかなり目立っていた。

「これからの時代、彼らとも上手くやっていかねばならないと考えているんでしょうね、内心はともかく上っ面だけは」

夫人はさりげなく手厳しいことを言ってから、奈緒の耳に唇を寄せて囁《ささや》いた。

「……あちらにおられるのが、瓜生侯爵とその奥さま」

彼女の視線を辿ると、その先に、一組の男女の姿があった。

手にグラスを持ち、客と会話を交わしているのが、瓜生侯爵だろう。

五十代くらいの中肉中背の男性で、遠目で眺める分には、その立派なカイゼル髭《ひげ》以外にこれといった特徴がなく、印象に残りづらそうな人物だ。

対照的なのはその妻である女性のほうで、そちらは距離があってもはっきりと判るほど、たおやかな佳人だった。背が高く、腕はすらりと長くて、腰が細くくびれており、後ろが膨らんだバッスルスタイルのドレスを見事に着こなしている。日本人でこんなにも洋装が似合う女性を、奈緒ははじめて見た。

ほっそりとした面差しはどこか儚《はかな》げで、慎み深く夫に寄り添うようにして立っているが、どうしても侯爵よりそちらのほうへ目が向いてしまう。会話の相手も口を動かしながら奥方をちらちらと気にしているようだった。

「奥さまはもともと花柳界《かりゅうかい》の方でしてね。新橋でそれは大変な人気があったのだけれど、瓜生侯爵にぜひにと乞われて後妻に入られたのだとか。華族は何かとうるさい決まり事が多いので、いろいろと窮屈《きゅうくつ》な思いもなすっているんでしょうが、万事に控えめにしてご自分を守っておられるのだと思いますよ」

藤堂夫人の声音には、わずかに同情が混じっている。芸者だった女性が裕福な男性の妻の座に納まるのは珍しいことではないが、相手に身分や地位があればあるほど、周囲の目は厳しくなるものなのだろう。

「さて奈緒さん、私はこれから、何かと面倒な挨拶回りに行かねばなりません。あなたはあなたの、やるべきことをなさい」

夫人に言われて、はっとした。この場の雰囲気に圧倒されていたが、自分は菊を楽しむためにここへ来たわけではないのだった。

奈緒は軽く頭を下げてから、夫人から離れて別方向へ歩き出した。頑張りなさい、と後ろからかけられる声が心強い。

……しかし、この中から本郷を見つけ出すというのは、奈緒が考えていたほど容易なことではなかった。

とにかく人が多い。それも密集しているわけではなく、この広々とした庭園内に点々と散らばって、おまけに各自がふらふら移動をするときている。あちらに似た人を見つけて歩いていき、違ったと肩を落として戻ってみれば、そこにいる顔ぶれは先刻とはがらりと違っていたりするのだ。時間だけはやたらとかかるが、混乱と疲労が積み重なるばかりで、ちっとも収穫は得られなかった。

こんな時赤月がいたら、空からすぐに本郷を見つけ出してくれただろうに——という考えを、急いで首を振って打ち消す。今は萎《しお》れている場合ではない。

一度落ち着こうと足を止めたら、「あら……困ったわ」と弱々しい声が聞こえてきた。

そちらに顔を向けると、奈緒くらいの年齢の若い娘と西洋人の二人が、向き合って立っている。さかんに口を動かす西洋人に対して、話しかけられている娘のほうは、ぱちぱちと何度も目を瞬きながら首を傾げていた。

早口の英語なので内容まではよく聞き取れないが、西洋人は友好的な笑みを浮かべていて、怒ったり文句を言ったりしているわけではないようだ。

「どうされましたか?」

こういう時、奈緒は黙ってその場を立ち去ることができない。彼らのもとへ寄っていって声をかけると、娘はほっとしたように相好《そうごう》を崩した。

「あの、この方がさきほどから何かおっしゃっているようなのだけれど、私、よく判らなくて」

おっとりとした話し方も、頬に手を当てる淑《しと》やかな仕草も、深窓の令嬢らしさを感じさせる。表面的には困っているように見えないので、相手も気づかなかったのだろう。

奈緒は一つ頷くと、西洋人のほうを向き、「Would you like some help?」と話しかけた。

相手が破顔して、娘のほうを指差し口を動かす。

「……あなたの着物の帯がとても美しい、と褒《ほ》めていらっしゃるようです。故郷へ帰る時に同じものを買って帰りたいので、どこで手に入れられるのか教えてほしい、と」

奈緒が通訳すると、娘は「まあ」と微笑んだ。なんだそんなことだったのかと、安心したようだ。

「これは京都の西陣織《にしじんおり》……でも、異人さんに伝わるかしら？」

「わたしのほうからお答えしても？」

「お願い」

奈緒は先方に西陣織について簡単に説明し、あなたが望めばいくらでも素晴らしい帯

すまを手に入れられる、信頼できる呉服屋をどなたかに紹介していただくことをお勧めしま
す、ということを話した。昔から父親の商談相手に似たようなことをしてきたので、こ
の手の会話は慣れている。

西洋人はたいそう喜んで、サンキューサンキューと連呼しながら去っていった。その姿が見えなくなってから、娘がため息を漏らす。

「どうもありがとう、助かったわ。私、女学校で英語とフランス語は習ったのだけれど、どうにも苦手で。ゆっくり話してもらえたら多少は聞き取れるのよ？　でもあんなに早口ではね」

彼女が言う「女学校」とは、永田町にある華族女学校のことだろう。宮さまもお通いになるという、とんでもなく格式が高いところだ。

朗らかに笑う娘は、とても可愛らしかった。瓜生夫人が気品のある百合だとしたら、こちらは八重咲きの牡丹か。華やかなのに可憐で、人を惹きつける魅力がある。あの西洋人はたぶん、帯だけでなく娘の美しさについても称賛していたのだろう。

いつもの癖でちらっと足元に目をやったが、そこにあるのは普通の影だった。すぐ近くにある自分の影では、肩の上にいる「実際には存在しない仔猫」の影が、のんびりと後ろ足で首を掻いている。

「私、乃木沙耶子《のぎさやこ》と申します。父は男爵をしてますの。あなたはどちらのお家の方？」

「あ……わたしは深山奈緒といいます。ええと、今日ここには、藤堂伯爵の奥さまに連

れてきていただいて……」

奈緒が華族であることを疑っていないらしい沙耶子の問いに、曖昧《あいまい》な答え方をした。歯切れ悪い返事に何か察したのか、沙耶子は「奈緒さんね」とにっこり笑うと、それ以上は追及してこなかった。

「よかったら、私のお話し相手になっていただけない？　この場にいらっしゃるのはうんと年上の方ばかりで、少し退屈していたの」

そう言って小首を傾げるさまは屈託ないし、華族であっても居丈高《いたけだか》なところはない。普段なら「喜んで」とお喋りを楽しむところだが、今はそういうわけにもいかなかった。

「ごめんなさい、ちょっと急いでいまして」

「あら、何かご用事でも？」

「いえ――」

問われるまま、奈緒は「本郷功《いさお》」という人物を探しているのだということを話した。ここへは、彼に会って話をするために来たのだということも。

沙耶子はそれを聞いて、少し考える顔をした。

「よく判らないけれど、何か大事なご用がおありなのね？　本郷さま……私は存じ上げない名前だわ。他の方にお訊ねしてきましょうか？」

「まあ、そんな」

奈緒は慌てて辞退しようとしたが、沙耶子は微笑みでそれを遮った。ふんわりしているのに、なんとなく抗えない押しの強さがある。

「私はこの場に顔見知りが多くいるけれど、奈緒さんはそうではないのでしょう？　人探しだったら、むやみに歩き回るより、誰かを頼ったほうが早いのではないかしら」

ぐうの音も出ない正論である。これまで無為に消費した時間を考えると、奈緒は口を噤《つぐ》むしかなかった。

「聞いてきますから、あちらの東屋にいらしてね。ベンチに座っているといいわ」

沙耶子はそう言うと、踵《きびす》を返して他の招待客のほうへ歩いていった。本人は急いでいるのかもしれないが、奈緒から見るとのんびりした優雅な歩き方だ。所詮は商人の娘である自分と、本物の「お嬢さま」は違う。

仕方なく指示されたとおり、東屋で待っていることにした。正直言えば、ずっと動き回っていたのでへとへとだ。

ベンチに腰掛け、気持ちよく吹き渡る風に息をつく。

周囲にも大勢の人がいるが、上流階級の集いらしく静かなものだった。女学校での賑やかさや、大通りの騒々しさに馴染《なじ》んだ身には、少々居心地が悪い。

しばらくすると、眉を下げた沙耶子が戻ってきて、奈緒の隣に腰を下ろした。

「ごめんなさいね、奈緒さん」

訊ねても判らなかった、ということなのだろうと思い、気にならないでと返そうとしたら、彼女は首を横に振った。

「違うの、本郷さまという方は、確かにおみえになっていたそうなの」

奈緒はぱっと笑みを浮かべたが、すぐに引っ込めた。沙耶子の言葉は過去形だ。

「でも、ついさきほど、お帰りになってしまったのですって。何かお急ぎのご用ができたとのことで」

落胆を表に出さないよう努めたが、あまり上手くいかなかった。ついさきほど——ということは、奈緒がこの場所で寛《くつろ》いでいる間に帰ったということだ。

「ごめんなさいね、本当に。私が引き留めてしまったせいで……いえ、そもそも私を助けたりしていなければ、本郷さまにお会いになれていたでしょうに」

「気にしないでください」

なんとか笑みを口元に貼りつけて、奈緒は言った。沙耶子の件がなくても本郷に会えたかどうかは判らないのだし、彼女が責任を感じるようなことではない。

「申し訳ないわ……そうだ、お父さまに頼んで、その本郷さまという方に面会できるよう、取り計らっていただきましょうか」

いいことを思いついた、と言わんばかりに顔を明るくした沙耶子に、奈緒は驚いた。

「と、とんでもない。そんなことで、男爵さまの手を煩《わずら》わせるわけにはいきません。大体、知り合いでもなんでもないただの女学生に、あなたのお父さまが力になってくださるはずないじゃありませんか」

「あら、だったら、私と奈緒さんがお友だちになればいいんだわ。そうでしょ？」

無邪気に提案されて、さらに面食らう。

天真爛漫《てんしんらんまん》というか、突拍子もないというか――良くも悪くも子どものように純粋なお人柄なのだな、と当惑しながら感心した。箱入りのご令嬢というのは、みなこういうものなのだろうか。

「まあ、素敵。私ね、女学校の同級生以外に、そういう方がいないのよ。奈緒さんはしっかりしていて、とても感じが良いもの。私たちきっと仲良くなれると思うわ。ね？」

沙耶子自身はそう思っても、父親の乃木男爵や家族の人たちは、どこの馬の骨かも判らない民間人が大事な娘の友人になることを歓迎しないのではないか……と思ったのだが、嬉しそうに笑う彼女の姿を見たら、口にはできなかった。

「お願い、奈緒さん」

そして奈緒は、こういうのにめっぽう弱い。上目遣いで言われて、つい頷いてしまったら、沙耶子は手を叩いて喜んだ。

「それでは今度、私のおうちに遊びにいらしてね。必ずよ！」

はしゃぐように約束を取りつけると、沙耶子は「あらいけない、そろそろお父さまのところに戻らないと」とベンチから立ち上がった。

遊びに来てというわりに、名前以上のことを訊ねてくるわけでもない。あっさり去っていく彼女を見送り、もしかしたらこれは華族流の社交辞令なのでは、と奈緒は思いついた。だとしたら、本気で驚いたり慌てたりしたこちらが恥ずかしい。

一人になって少しぐったりしてから、これからどうしよう、と考える。

本郷がいないとはっきりしたのだから、これ以上ここにいるのは無意味だ。藤堂夫人に断って、先に帰らせてもらおうか。それとも会が終わるまで隅っこで大人しくしていたほうがいいのだろうか。

判断に迷って、とにかく夫人を探そうと周囲に顔を巡らせた次の瞬間、奈緒の心臓が飛び跳ねた。

――当真がいる。

弾かれたように腰を上げ、大きく踏み出した足は、一歩目でピタリと止まった。

今度もまた人違いだということに気づいたからである。失望してから、腹が立ってきた。一度ならず二度までも、どうしてそのまぎらわしい姿で自分の前に現れるのだろう。

すうっと息を吸うと、奈緒は改めて足を動かし、その人物に向かっていった。

自分でもよく判っている。これは完全な八つ当たりだ。

黄金に色づいたイチョウの木にもたれて、青年は立っていた。

奈緒からはその横顔しか見えないが、薄笑いを浮かべて腕を組み、何かを眺めているようだ。

彼が招待客でないことは、以前会った時と変わらない着流し姿で判った。その背中に竹刀袋があるのも同じ。何もせず突っ立っている様子からして、ここの使用人というわけでもないのだろう。服装と態度だけで判断するなら、侯爵邸の下男のほうがよほどきっちりしているくらいだった。

　奈緒から見れば、明らかに不審者である。正装した客ばかりのこの場ではひどく浮いているのに、どういうわけか誰も彼を見咎《みとが》めないし、目も向けない。

「ちょっと、あなた」

　ん？　と振り返った青年は、すぐ後ろに奈緒がいることにぎょっとした。周囲を一瞥《いちべつ》して、声をかけられたのが自分だというのを確認してから、また驚いた顔をする。

「え、俺に話しかけてる？」

　この近くに彼以外の人はいないのに、何をしらじらしい、と奈緒は苛々《いらいら》した。

「あれ——あんた、この間も俺を見つけた子じゃないか？」

　ようやく気づいて、目を見開く。

「あなた、こんなところで何してるの？」

　腰に手を当てて詰問すると、青年は困惑したように頭に手をやった。

「いや、何って……驚いたな。俺が見えるのかい？」

　口ごもりながら、意味の判らないことを訊ねてくる。

　奈緒は眉を寄せて視線を下に向け、彼の足元を見た。残念ながら、そこはイチョウの木の影に覆われてしまっていたが。

「足はあるから、幽霊ではないようだけど」

「あんた今、俺の『影』を確かめようとしたね？　妖魔憑きかと思った？」

素早く問いかけられた内容に、今度は奈緒のほうがぎょっとした。

口を半開きにして見返すと、青年の目が楽しげにきらめいた。思いがけない拾い物をしたというように、すうっと細められる。

「ふーん……なるほど、納得した。つまりあんたは、暁月家の当主を知ってるんだな？」

彼の口からその名が出てきたことに、奈緒は息を呑んだ。

妖魔も、暁月家の存在も、普通の人が知っているはずのないものだ。

その時脳裏を過《よぎ》ったのは、いつも洋傘を差して自らの影を隠していた、美しい娘の笑顔だった。

当真の両親を呑み込んでしまったという、突然変異の闇の化け物。おそろしく強大なあの妖魔は、限りなく人に近い姿をとり、普通に話し、笑い、何食わぬ顔をして世間に混じっていたではないか——

血の気の引いた顔で後ずさった奈緒に向けて、青年は軽く手を振った。

「あ、いや、何か誤解してるようだけど、俺はたぶん、あんたの敵じゃないよ。そうだな……むしろ、親戚、みたいな？」

おかしなことを言ってから、「いや、それも変か」と首を捻《ひね》っている。緊迫感を欠いたその様子に、奈緒はじりじりと下がっていた足を止めた。

詰めていた息をゆっくりと吐き出し、自分の腹部の上で両手を組み合わせる。

「あなたは一体……何者なの？」

最前からの要領を得ない返答といい、怪しげな人物であるのは間違いないが、本人が言うとおり、彼からは敵意というものをまるで感じない。それに、もしもこの青年が妖魔であるのなら、奈緒の影の中にいる「黒豆《くろまめ》」が黙っているはずがなかった。

黒豆は仔猫の形をした小妖魔で、ほとんど力はないが、自分の同類が近くまで来ると警告を発する。沈黙しているのは、この相手には脅威を抱いていない、という意味だ。

「その前に、あんたの名を聞いてもいいかい？」

奈緒は少しためらったが、今さら名前を伏せる理由もないと判断して口を開いた。

「深山……深山奈緒」

それを聞いて、青年が「ああ、やっぱり」と顔を綻《ほころ》ばせる。当真が笑うことは滅多になかったが、彼に似た顔が無防備に笑うところを見ると、胸の中にひそかにしまってあるものが刺激されてチリチリした。

「俺は、勝須《かちす》弥哉《みや》」

「勝……あっ」

奈緒は口に両手を当てた。目の前にかかっていた霧がさあっと晴れたような気がして、前に立つ青年をまじまじと見つめる。

――妖魔を封じることを使命としてきた暁月家には、七つの分家がある。

嘴太《はしぶと》、嘴細《はしぼそ》、黒丸《こくまる》、渡《わたり》、星《ほし》、勝《かち》、深山。一族が「カラスの末裔」と呼ばれることから、そんな名がついたという。

奈緒はそのうちの一つ「深山家」の末裔。そしてこの青年は、「勝家」の末裔ということだ。

「勝は、分家の中で最後まで主家に従っていた家なんだ。じいさんの代までは、当主に仕えていたらしい」

七つの分家はどれも、能力を受け継がない人間が増えて名が消えたり、時代の流れとともに主家から離れていったりして、その後の消息は判らなくなっていた。かくいう奈緒だって、自分が分家の血を引くことを知らなかった。曾祖父から聞いていたという父親も、おとぎ話の類だと思っていたくらいだ。

奇しくも、散り散りになっていた分家の子孫二人が偶々ここで巡り合った、ということになる。

「じいさんは俺が生まれる前に死んだけど、暁月一族や妖魔のことは、親父から聞いて知っていた。俺は親父の仕事の関係で各地を転々としていたんだが、東京には来たことがなくてね。その親父も半年ばかり前に死んじまったことだし、華やかなりし帝都を一度くらいは見ておこうかと、こうして上京したってわけだよ。それでついでに、かつての主家だったっていう暁月家の現在についても調べてみようと思ったんだが、これがなかなか難物で」

須弥哉は滑舌よくぺらぺらと話したが、その口の廻りっぷりに、奈緒のほうが目を廻しそうになった。本当に当真に似ているのは顔立ちだけなのだ。

「勝の姓はあまり好きじゃないが、須弥哉って名は面白いだろ？　三千世界の中心にあるっていう霊山、須弥山《しゅみせん》から取ったんだ。三千世界といえば有名な――」

須弥哉は節をつけて、「三千世界の鴉《からす》を殺し、主《ぬし》と朝寝がしてみたい」という都々逸《どどいつ》を披露した。

「やめてよ」

思わずムッとして遮った奈緒に、軽く笑う。

「お嬢さまには下品だったかな」

「詞が不愉快だわ」

朝寝をするためだけにカラスを皆殺しにするなんて、とぷんぷんする奈緒を見て、須弥哉は「ははあ……」と感心したように自分の顎《あご》をするりと指で撫でた。

「あんた、もうすでにカラスに魅入られてるね。そりゃあ、俺のことも見つけられるはずだ」

「さっきから、その『見つける』って何？」

奈緒から言わせれば、こちらが彼を見つけているのではなく、彼が自分の目の前に現れるのだ。しかも、なぜこんな時こんな場所に、という状況で。

「そうよ、そもそもあなた、ここで何しているの？　瓜生侯爵に招かれたわけではないんでしょう？」

遅まきながら最初に戻って問いただすと、須弥哉は「へえ、ここ、侯爵の屋敷なのかい？　どうりで馬鹿みたいに広いと思った」と目を丸くした。

「とぼけないで」

「とぼけてなんていないよ、本当に知らなかったんだ。俺はただ、怪しい男を見つけて後をつけてきただけだからね」

「怪しい男？」

奈緒がぽかんとすると、須弥哉は首を廻して別の方角に視線を向けた。つられるように同じほうを見たが、そこには飲み物を置いたテーブルがあるだけだ。

――いや、その近くに一人の若者がいる。

彼は、須弥哉と違ってきちんとした正装に身を包み、誰かと会話をするでもなく、ただ立っていた。直立不動の姿勢で唇を一文字に結び、固い顔つきをしているので、高貴な人の侍従か護衛のようにも見える。

その額の左側には、目立つ茶色の痣《あざ》があった。

「あの人？　あなたのほうがずっと怪しいと思うけど」

「意外と口が悪いね、お嬢さま。ここからだと、あんたには見えないかな」

「何が？」

「あいつの影が」

その言葉に、奈緒は大きく目を見開いた。急いで若者のほうに顔を戻して目を凝らしたが、テーブルが邪魔で足元は見えない。少し距離があるからか、今のところ黒豆も無反応だ。

「……妖魔？」

声を抑えて訊ねると、須弥哉はあっさりと頷いた。

「往来で、変な動きをする影をくっつけた男を見かけてさ。ついていってみたら、やけに思い詰めた顔でここの塀を乗り越えて中に入っていくじゃないか。しょうがないから、俺も同じく塀をよじ登ったってわけだよ」

どちらにしても侵入者であることに変わりない。よくそれで見つかって捕まらなかったものだと、奈緒は呆れ果てた。しかもこんな悪目立ちする恰好で、身を隠すでもなく堂々としていたのに。

「俺はこう見えて、少し変わった能力を持っていてね」

須弥哉がにやりと唇の端を上げる。

「変わった能力？」

「妖魔退治をする一族の特殊な能力、とでも言えばいいかな。他人に自分の姿を認識されにくくする——つまり、極限まで影を薄くすることができるんだ」

奈緒は目をぱちくりさせた。

「に、認識……？　意味が判らないのだけど」

須弥哉が自分の目を指で示し、次いで頭をとんとんと叩く。

「人間ってのは案外、目に映っているものすべてが見えるわけじゃないんだぜ。目から入った情報を脳味噌がきっちり受け止めて、はじめてそれが『見える』んだ。俺が一旦気配を消せば、人は俺の存在を知覚できなくなる。視界に入っても、その情報を上手く伝達できないから、頭が『そこには誰もいない』という結論をはじき出すんだよ」

「そこには誰もいない……」

どう考えても眉唾《まゆつば》ものの話だったが、奈緒は頭から否定することはできなかった。

この世にはいくらでも不思議なこと、常識では考えられないことがあるというのは、もうよく知っている。暁月一族に関わることであれば、なおさらだ。

「でも、わたしにはあなたの姿がちゃんと見えるわ。分家の人間同士だから？」

「俺は暁月家の当主に似てるだろ？」

突然の問いに、心臓がどきりと大きな音を立てた。

「勝家の人間は代々、当主によく似てんのさ。そういう役目の家なんだ。あんたが俺を見つけられるのは、それだけ当主への思い入れが強いからだと思うよ。いつもその顔を思い浮かべて、会いたい会いたいと、そればかり考えているとか？」

真っ向から言い当てられて、奈緒の頬が赤く染まった。

「……まあ、いいわ。その件はまた今度」

ぷいっと顔を逸《そ》らし、今はそれよりも優先すべきことがあると、話の方向を変えることにした。

「あの人は、何を目的に忍び込んだのかしら？」

テーブルの近くに立つ若者のほうに視線を戻すと、須弥哉もそちらに顔を向けた。からかうように浮かべていたにやにや笑いを、どこか皮肉げな薄っすらとした笑いに変えて、声をひそめる。

「あいつ、腰の後ろに短刀を隠し持ってるぜ」

奈緒は驚いて須弥哉を振り返った。表情を引き締め、また若者を見る。

「――短刀？」

「塀を乗り越える時に、ちらっと見えた。それにあいつ、不自然なくらいまっすぐ立ったまま動かないだろう？　下手に屈んだりしたら、服の上からでもベルトに挟み込んだものの存在を気づかれるんじゃないかと警戒してるんだ」

言われてみれば、彼の上着は少し大きめで、あまり身体に合っていなかった。下にある武器を隠すために、わざとそういうものを選んだのかもしれない。

まだ少し幼ささえ残る顔立ちは、十代後半くらいか。やや頬がこけているが、真面目そうな若者だ。大人しく座って本を開いていれば、学生にしか見えないだろう。

しかしその目はほの暗くギラついて、一方向に据えられたまま動かない。短気そうな感じはしないのに、どこか焦燥《しょうそう》に満ちた雰囲気をまとっている。

彼の視線の先にいるのは、瓜生侯爵とその妻だった。

「侯爵を狙って……？」

奈緒は首を傾げて呟いた。

政府の要人を狙う過激な自由民権運動が盛んだったのは、今からもう十五年も前のことだ。自分とそう変わらない年頃の若者が、かつての自由党の志を継いで無謀な行動に出るというのも、違和感を覚える。

しかし気づいた以上、放っておくわけにはいかない。

奈緒が足を踏み出すと、須弥哉が慌てたように袖を引いた。

「待った待った、あんた一体何するつもりだい」

「決まってるでしょう、侯爵にこのことを知らせるのよ」

その返事に、須弥哉は小さく舌打ちをした。

「凶行を事前に食い止めて手柄顔でもするつもりか？　あんたはそれで満足かもしれないが、妖魔憑きのあの男が逃げたら元も子もないんだぞ」

「だったらどうするって言うの？」

「そりゃ、やつが獲物に襲いかかったところを捕まえて――」

「馬鹿なことを言わないで、被害が出てからでは遅いのよ。お二人をこの場から引き離すのが先だわ」

きっぱり言って、奈緒は須弥哉の手を振り払った。後ろで、「あっ、おい！」という声がしたが、無視して瓜生侯爵のもとへ近づいていく。

「――失礼いたします」

控えめに声をかけると、カイゼル髭の侯爵が「うん？」と奈緒を振り返った。楚々《そそ》とした佇まいの夫人も、最初に見た時からまったく変わらない淡い微笑みを保ったまま、視線を向けてくる。

「なんだろうか、お嬢さん。ええと、君は……」

瓜生侯爵は、いきなり寄ってきた若い娘を咎《とが》めることはなかったが、幼子をあやすような表情をしていた。瓜生家は元藩主だった家柄なので、維新前なら無礼討ちにされてもおかしくない。こちらを子ども扱いすることによって大目に見てやる、ということなのだろう。

「深山奈緒と申します。突然のことで信じていただけないかもしれませんが、どうしてもお知らせしたく……この場に、短刀を持った人物が入り込んでいます」

途端、侯爵の顔にぴりっとした緊張が走った。しかし、それをすぐ態度に表すことも、慌ててあたりを見回すという不注意な真似もしない。落ち着いた仕草で、そっと傍らの妻を自分のほうに引き寄せた。

「ふむ……その不逞《ふてい》の輩《やから》は、どのあたりにいるのかな？」

今日の天気について話すような口調だが、目だけは慎重に周囲を窺っている。彼の立場だとこういう状況は珍しくないのか、場慣れした対応だった。

「わたしの真後ろ、四十歩ほど離れた場所に、テーブルがありますね？　そのすぐ近くに、額に痣のある若い男性がいるはずです。その人は腰の後ろに短刀を隠し持ち、さきほどからずっと侯爵閣下を狙っているように見受けられます」

奈緒は後ろを向かずに口を動かした。瓜生侯爵が「判りやすい説明だ」と褒めるように言って、なにげない様子でそちらに視線をやった。

同じように目を向けた夫人のほうも、その人物を見つけたのか、はっとしたように硬直した。こちらははっきりと血の気が抜けて蒼白になり、小さく震え出している。

「なるほど、剣呑《けんのん》な目つきだな。だが、ずいぶん若いし、見覚えもない。おおかた変な思想にかぶれた若造だろう。とはいえ、他にも大勢の客がいることだし、なるべく騒ぎにせず済ませなければ」

呟くように言って、侯爵は再びこちらに向き直った。

「私は警備の者を呼びにいく。君は、妻を建物内に避難させてくれるかね」

使用人か部下に命令するような言い方だが、今はそんなことを気にしている場合ではない。奈緒は「判りました」と頷いた。

「奥さま、まいりましょう」

瓜生夫人に向かって声をかける。青白い顔をした彼女は、頼りなげな風貌《ふうぼう》も相まって、今にもぱたんと倒れそうに見えた。

震える細い手を取り建物のほうへと促すと、ふらふらした足取りで、奈緒に縋《すが》りつくようにしてなんとか歩き出す。

二人が離れたのを確認してから、侯爵のほうもさっと身を翻《ひるがえ》した。激動の時代を乗り越えてきただけあって、微塵も動揺がないのはさすがだ。

「……大丈夫ですか？」

庭園から建物近くまで移動して、ずっと俯いている夫人を覗き込むようにして問いかけた。彼女の震えはずっと止まらないままで、呼吸も荒くなってきている。

「早く中に入って休みましょう」

屋敷内には誰かがいるはずだ。そちらに夫人を任せたら、また会場に戻ろうと奈緒は考えていた。なにしろ相手は妖魔憑きである。いくら腕の立つ警備でも、普通の人間には対処できないかもしれない。

なんとも歯がゆくて、唇を噛みしめた。こんな時、当真がいてくれたら！

「ああ……どうしましょう」

小さな声が侯爵夫人の口から漏れた。夫のことを心配しているのかと、奈緒は握った手に力を込めた。

「奥さま、今はご自分のことをお考えになってください。侯爵閣下ならきっと――」

励ますように笑いかけると、夫人は勢いよく首を横に振った。はじめて見せた彼女の激しい動きに、当惑して口を噤む。

「いいえ、違うのよ……あの子、あの子は」

あの子？

「――あれは、あたくしの息子です」

ようやく顔を上げた夫人は、白っぽい幽鬼《ゆうき》のような表情でそう言った。

二十年ほど前、瓜生夫人がまだ一人前の芸者にもなっていない、半玉《はんぎょく》と呼ばれていた頃、想いを交わした相手がいたのだという。

きっと夫婦《めおと》になろうと約束し、彼女は十六歳の時、ひそかに彼との子を身ごもった。だがその男の子は生まれると同時に取り上げられて里子に出され、それを境に、恋人の訪れもぱたっと途絶えたそうだ。

「あそこにいたのは、その里子に出された息子さんだと……？」

夫人の話に、奈緒は戸惑いを隠せなかった。いくら我が子でも、出産後すぐ手放したなら顔も知らないだろうに、息子だと断言する理由が判らない。

「あの額の痣、あれは生まれつきのものなんです。出産の時、真っ先に目に入ったから形もよく覚えています」

「でも……」

「いいえ、痣などなくても、あの顔はかつての恋人にそっくりです。生き写しと言ってもいいほどです。憎くて愛しい男……見た瞬間、心の臓が止まりそうでした。幼く愚かで軽率で、惨めだった頃の自分に戻ってしまったようで」

疲れきったような表情で、彼女は奈緒のほうを向いた。

「男は逃げたと聞かされても、あたくしはずっと胸の片隅で信じていました、あの人はいつかきっと会いに来てくれると。……お嬢さん、人生で一度だけ本気で愛した男のことは、どうやったって忘れられないものですよ」

どうやっても忘れられない相手。裏切られても、逃げられても、いつか会いに来てくれるという希望を捨てられない――

奈緒は着物の合わせ目をぐっと握った。

……なぜこんなにも、苦しいほど痛いのだろう。

しかしそこで、重要なことに気がついた。

もしも本当にあの男が夫人の生き別れになった息子だとしたら、彼の狙いは瓜生侯爵ではなく――

その時、ぎゃあん！　と黒豆が甲高い声で鳴いた。

「……ははっ、調子のいいことを言うものだ。さすが新橋の元売れっ子だな」

咄嗟《とっさ》に奈緒が侯爵夫人の身体に腕を廻すと同時に、背後から若者が姿を現した。

ああ……と夫人が呻《うめ》く。奈緒も顔を強張らせた。

なるべく人目につかないよう動いたのが裏目に出て、ここはちょうど招待客たちのいる場所からは死角になっている。ざわめきは遠く、屋敷の壁も分厚くて、叫び声を上げたとしても誰かが駆けつけてくるまでには時間がかかるだろう。

彼は、鞘《さや》から抜いた短刀を手にしていた。

「芸者風情《ふぜい》が、まるで悲劇の主人公気取りじゃあないか。おまえが男たちを誑《たぶら》かしてどんちゃん騒ぎを繰り広げていた間、俺がどんな惨めな人生を送ってきたか判るか？」

　空いたほうの手が無意識のように動いて、額を強くこすった。その茶色い痣にまとわりつく嫌な記憶ごと、こそげ落とそうとするかのような仕草だった。

　唇の端は嘲《あざけ》るように上げられているが、若者の目はどろんと濁《にご》っている。

「実の母親を十年以上かけて探し、ようやく見つけたら驚いたね。侯爵の妻になって、悠々と日々を送っていやがった。俺がこれまでどれだけ苦労したかも知らずに。俺が……俺が、今まで、どんな思いで」

　華族の一員となり、裕福で地位のある夫に庇護《ひご》され微笑んでいる母親。

　近づくどころか、声をかけることすらできない場所にいることを知って、自分の不遇と引き比べ、絶望したのかもしれない。

　その時できた心の闇に、妖魔が取り憑いたのか。

　若者の影は、ゆらゆらと不気味に揺れている。

「どうせ侯爵にだって打算で取り入ったに決まっている。どれだけ美しく着飾ろうとも、おまえの中身は真っ黒だ、この売女《ばいた》め。安心しろ、おまえの胸を一突きしてから、侯爵もあの世に送ってやる。邪魔をするやつは全員殺す」

　夫人は青い顔のまま、息子からの罵倒《ばとう》を黙って受け続けている。

　奈緒は懐に手を差し入れて、そこに忍ばせてある細長い袋に触れた。いつも持ち歩いている「影針《かげばり》」は、妖魔に憑かれた人間の身体に刺すと、一定時間動きを止められる。

いざという時はこれを使って夫人を逃がすしかない。

慎重に針を取り出そうとしたその時、若者の後ろからふらりと近づいてくる人物がいるのが目に入った。

……須弥哉だ。

彼は焦りも気負いもなく、ただの散歩のような気軽さで歩いていた。奇妙なのは、そちらに背を向けている若者はともかく、位置的に間違いなく見えているはずの侯爵夫人までが、その存在にまったく気づいていないことだった。

彼女の視線は明らかに須弥哉の存在を素通りしている。まるで彼が透明な人間であるかのように。

そこにいるのに見えない。「姿が認識されない」とは、こういうことなのか。

——これが勝家の末裔の特殊な能力。

須弥哉が自分の肩に手を伸ばし、竹刀袋から取り出したのは、黒鞘の刀ではなく木刀だった。

「奥さま、息子さんにおっしゃりたいことはないのですか?」

血走った眼をして短刀を構える若者は、すぐにでも夫人に向かって飛びかかってきそうだった。今の奈緒がしなければならないのは、若者の気を逸らし、少しでも時間を稼ぐことだ。

「あたくしは……」

「もしもここで血が流れるようなことがあれば、息子さんは犯罪者になってしまいます。罪悪感と自己嫌悪に潰されている場合じゃありません。この場で彼を助けられるのは、母親であるあなたしかいないんです」

叱咤するように言うと、夫人ははっと目を瞠った。

その言葉にどんな威力があったのか、彼女の弱々しそうな雰囲気が一瞬にしてガラリと変わった。覚束なかった足に力が入り、ぐっと地面を踏ん張ったのが判る。

きりりと柳眉《りゅうび》を上げて、若者に目を向けた。

「……あたくしは、あなたのことを忘れた日は、一日もありません」

「今さら何を。命乞いのつもりか？」

若者は馬鹿にしたように笑った。夫人がゆるゆると首を振る。

「だって、あたくしは本当に、あなたの父親のことを愛しておりましたもの。たとえ人でなしであろうと、心から。だからあなたを産んだ時、あたくしは人生でいちばん幸福でしたよ。……ええ、確かに今の主人はあたくしを大事にしてくれます。他人に自慢できる綺麗なお人形、時には政治の駒として。周囲から侮られ、見下されるのは、あたくしだって同じこと。どんなに息苦しくても泣きたくても、笑っていなければなりません。そのお約束で買われた品物なのですから」

痛切な真情が込められた夫人の告白に、若者はほんのわずかたじろいだ。握っている短刀が少し揺らいだのを見て取り、奈緒も言葉を添える。

「奥さまは、あなたがご自分の子だと一目で見抜いたわ。本当に忘れていたなら、そんなことがあるもんですか。真っ黒なのは、今のあなたの心のほうよ。きちんと目を凝らして、見つけ出して。闇の中に隠れている、あなたの本当の望みは何？」

「俺の……望み？」

影針で刺さなくても、若者の動きが止まった。

その瞬間、すぐ背後に迫っていた須弥哉が、水平にした木刀の先で彼の背中を強く突いた。

若者の身体が硬直し、直後くるりと白目を剝く。声を発することもなくその場にくずおれたのを見て、夫人が悲鳴を上げて駆け寄った。

倒れた若者の影が、もぞりと動いている。須弥哉がその影目がけてまっすぐ木刀を振り下ろすと、暴れるようにもがいて、黒い塊がしゅっと飛び出した。

――逃げた。

するすると地面を這うようにして去っていく妖魔を、須弥哉は追おうとしなかった。

当真と違って、封じることはしないらしい。

奈緒が細い息を吐き出すと、夫人に抱かれていた若者が薄く目を開けた。気を失ったのは少しの間だけだったようだ。

ぼんやりした顔で夫人を見つめ、二、三度瞬きをした後で身を起こし、よろけながらもなんとか立ち上がる。

夫人は口を開きかけたが、ぐっと唇を結び、自分も立ち上がった。

「――さあ、気が済んだなら、もうお行きなさい。屋敷の裏に廻れば、今なら誰にも見つからずに外へ出られるでしょう。警備の者が集まってくる前に、早く」

指で示されたほうに無言で目を向ける若者は、魂が抜けたような表情をしていた。虚脱した雰囲気に覆われて、先刻までの刺々しさもなくなっている。

彼を操っていた妖魔が出ていったことで、内部にぽっかりと空白ができてしまったように見えた。

「……もう二度とここへ来てはなりませんよ。こんな母のことなど、忘れておしまいなさい。あなたはあなたの人生を歩んでいかねばならないのですから」

若者はもう一度だけ夫人を見て、一瞬、親に叱られた小さな子のようにくしゃりと顔を歪めた。しかし言葉を出すことはなく、言われた方向にふらふらと歩いていった。

彼の後ろ姿が消えるまで、夫人はその場に立って見送った。

ふと地面に目を向けて、若者が落としていった短刀を拾い上げる。

「あたくしはこれをどこかに捨ててから、主人のところに戻ることにいたします。奈緒さん、でしたね。申し訳ありませんが、このことは内密にお願いできましょうか」

「あ、はい、もちろん……でも、よろしいのですか？　せっかく会えた息子さんなのに……あの、せめて名前とか……」

「ええ、いいのです」

口ごもりつつ問うと、夫人は静かに微笑んだ。侯爵の隣で浮かべていたものとはまったく異なる、悲しげな笑みだった。

「あたくしとあの子の生きる道は違う。華族の内実も、政治の世界も、深く首を突っ込めば突っ込むほど、恐ろしくて醜《みにく》いものです。あたくしはもう全身がどっぷりと沈んでしまったけれど、あの子には関わってほしくありません。他人として離れていたほうが互いのため。それが、あたくしがあの子にしてやれる唯一のことでしょうから」

「生きる道が違う……」

夫人のその言葉に、奈緒は胸を突かれた。

離れたほうが互いのためだからと息子を拒絶し突き放す彼女の姿が、なぜか、あやしの森の中と外で別れた時の当真と重なる。

「ありがとう、奈緒さん」

夫人は優しく目を細めて、ドレスのひだに短刀を隠して去っていった。最後まで、須弥哉のほうには視線を向けない。彼女には、若者が勝手に昏倒《こんとう》したように見えていたのだろうか。

「あんた無茶するなあ」

夫人がいなくなると、須弥哉が呆れた顔で口を開いた。今まで黙っていたのは、さすがに喋ると存在を気づかれるためらしい。彼の能力については未だに謎だらけだ。

「助かったわ、ありがとう。……でも、妖魔は逃げてしまったわね」

「もしかして俺、責められてる？　仕方ないだろ、妖魔を封じられるのは、当主が持つ刀だけなんだから」

「責めるわけがないでしょう？　影から追い出せるだけでもすごいことだわ」

同じ分家の末裔でも、なんの力もない奈緒とは大変な差だ。率直に称賛すると、須弥哉は少し照れくさそうに鼻の下を指でこすった。

「いや、でも、俺に先を越されるとは、暁月の現当主も大したことないね」

「あなたより当真のほうがずっとすごいけど」

「あっ、ひでぇ」

須弥哉の文句を聞き流して、奈緒は顔を動かし頭上を見上げた。

青い空には、やっぱりカラスの姿はない。赤月は今頃、どこにいるのだろう。

当真は何をしているだろう。

もう二度とここへ来てはなりませんよ、という侯爵夫人の声が耳に蘇る。

……当真もあの時、そう言いたかった？

唇を強く引き結び、視線を下ろしたら、どこかで小さくバサッと鳥が羽ばたく音が聞こえた——気がした。

第二話　形影相弔《けいえいあいとむら》う

菊見の会から少し経って、奈緒は乃木男爵家から正式に招待を受けた。

あれは社交辞令ではなかったのか、と本気で驚いた。沙耶子は藤堂夫人を介して話を通してきたので、そちらにも手間をかけさせてしまい恐縮しきりだ。これが華族のやり方だとしたら、つくづく性に合わない。

奈緒の自宅にやって来て「お招きを受けられますか?」と訊ねたのは藤堂家の上品な老執事だった。伯爵家が間に入っているなら、なおさら断れるわけがない。

「奥さまがおっしゃるには、乃木男爵についてはあまり良い噂を聞かないので、奈緒さんのように純真な方があちらをご訪問されるのは、心配でもあると――」

夫人に「純真」などと評されて、冷や汗が出そうになる。

「あまり良い噂を聞かない……とは」

「ああ、いえ、後ろ暗いことをしているわけではなく……藤堂家の旦那さまと同じで、少々悪い癖がある、と申しましょうか」

藤堂伯爵と同じ悪い癖――と言われて、思い当たることは一つしかない。

女性にだらしない、と？

「でも、いくらなんでも、男爵がわたしのような小娘に何かをなさるとは」

「いえいえ、そういうことではなく、乃木男爵のお家はまた特殊なので……まあ、ありがちといえばそうなのですが、奈緒さんはきっと驚かれるだろうと」

はあ、と答えたが、何を言われているのかさっぱり判らなかった。「相手は華族だから、庶民とは何かと違う」という意味なのだろうか。

「承知しました、お招きを受けます。わざわざお手間を取らせて申し訳ありませんでしたと、奥さまにお伝えください。先日の件についても、また改めてお礼を申し上げにまいります」

本郷には結局会えなかったが、同じ分家の末裔である須弥哉には会えた。協力してくれた藤堂夫人には感謝している。

菊見の会は表向きには何事もなく、平穏なまま終わった。

——ひそかになされた親子の再会と、侯爵夫人が抱える孤独は、今後も誰にも知られることはないだろう。

「いつでも遊びにおいでなさい、と奥さまがおっしゃっていましたよ。操お嬢さまも楽しみにしておられます」

にこやかに言う執事に、「ええ、きっと」と微笑んで返事をした。

三日後、奈緒は乃木男爵邸を訪問した。

華族とはいえ、沙耶子は藤堂夫人や瓜生侯爵とは違って同年代の女性なのだから、そんなにしゃちこばることはないだろうと考えていたが、甘かった。侯爵邸ほどではないが、男爵邸も十分大きく立派な日本家屋で、奈緒が思い浮かべていた「友人の家に遊びにいく」というものからは程遠かったのである。

大きな門をくぐり、女中に案内されながら玄関までの道を歩く。

ここもまた敷地が広く、庭には多くの鯉が優雅に泳ぐ池もあった。あちこちに木が植えられているため、侯爵邸のように視界が開けているわけではないが、前方にある数寄屋造りの家屋は横に長く伸びている。その向こうに見える建物はおそらく離れだろうが、そちらだけでも十分な広さがありそうだ。

「まあ、よく来てくださったわ、奈緒さん！」

玄関前に立っていた沙耶子が、奈緒の姿を見て嬉しそうに顔を綻ばせた。

「本日はお招きいただき、ありがとうございます」

「そんな堅苦しいご挨拶はよしましょうよ」

礼を述べるのを遮って、風呂敷包みを持つ奈緒の手にそっと触れる。沙耶子の指はまさに白魚のように細く滑らかで、少しどぎまぎしてしまった。

「中に入っていただきたいのだけど、今日は……」

と言いかけたところで、建物の横手から四十がらみの女性が現れた。

「沙耶子さん、お客さまがいらっしゃったの？」

こちらへ歩を進めながら、彼女は奈緒の全身を検分するように、ざっと視線を動かした。父親が異国の品物を値踏みする時、よくこういう目をするのを思い出し、なんとも落ち着かない。

沙耶子が困ったように「お母さま」と呟いたので、ではこの女性が乃木男爵夫人か、と合点がいった。

顔はあまり娘と似ていない。年齢のわりに派手な着物だが、背が高く、痩《や》せぎすで、全体的に少々神経質そうな雰囲気がある。

「奈緒さん、とおっしゃったかしら」

「はい、深山奈緒と申します。このたびは……」

「お訊ねしたいのですけど、あなたは藤堂伯爵夫人とは、どのようなご関係でいらっしゃるの？」

頭を下げる前に、つけつけとした口調で問われた。

沙耶子は口を開きかけたが、夫人はそちらを見もしない。それについての確認が、彼女にとっての最優先事項ということのようだった。

「お父さまは貿易商をしていらっしゃるのだとか……藤堂家からは、『当家にとって大事なお嬢さん』というお返事をいただいたのだけれど、よく判らなくて」

なるほど。奈緒について、最低限の情報はすでに摑んでいるらしい。男爵家の令嬢に近づく者の素性を調べるのは当然なので、それに対しては特になんとも思わなかったが、「大事なお嬢さん」という部分は非常にくすぐったい気がした。

きっと、藤堂夫人の配慮なのだろう。

「ええ、父は『深山商会』の社長をしております。藤堂家の奥さまとは、ちょっとした縁がございまして」

ここでわざわざ操の名を出す必要もない。言葉を濁したら乃木夫人はますます訝《いぶか》しげな表情になったが、奈緒は黙って微笑んでおいた。

「……藤堂伯爵のご親戚ではない、ということかしら？」

「はい」

「では、あなたのお家はどちらの筋の」

「深山家は、武家でも公家でもありません」

遠い昔から存続してきたという暁月一族は、これまでどちらにも属さなかったと聞いている。だから奈緒も堂々とそう言ったのだが、その答えは乃木夫人のお気に召すものではなかったようだ。

彼女は眉をひそめ、自分の娘のほうを向いた。

「沙耶子さん、判っているでしょうけど」

「お母さま、あの……」

「別に、この方がどうということではないのよ。けれども、あなたは男爵家の娘なのですから、軽率な行動は慎まなければいけない、ということなの」

どうやら、平民である奈緒が沙耶子の友人となるのを、夫人はよしとしないらしい。今回の招待は「藤堂伯爵家と縁戚関係にあるなら」という考えの上で了承されたのかもしれないが、奈緒本人がそれをきっぱりと否定してしまった。

母親に厳しい顔をされて、沙耶子は首を竦めている。

「でも、奈緒さんは」

「こんなことなら、菊見の会に行かせるべきではなかったかしら。あなたには、病気のお母さまの代理として、他の華族の方々としっかり誼《よしみ》を結んでいらっしゃい、とお願いしておいたはずなのだけど。まさかこんな思ってもいないご縁を繋げてくるだなんて」

「お母さま……」

沙耶子は母親を窺いつつ、申し訳なさそうな視線を奈緒に向けている。身内の人間が客の前でずけずけと失礼なことを口走る、という経験は自分にもあるので、彼女の気持ちはよく判った。

深山家であれば、こんな時はばあやがさりげなく割って入ってくれる。しかし乃木家にはそういう立場の人がいないようで、夫人の叱責が止まることはなかった。奈緒をここまで案内した二十代後半くらいの女中も、自分には関係ありませんとばかりに後方でそっぽを向いている。

……ここには、沙耶子を庇《かば》ってくれる存在はないのだろうか。

「そんなに新しいお友だちが欲しいなら、お母さまが探してあげます。そうそう、立花《たちばな》子爵のところにも、確かご息女がいらっしゃるはずですよ。今年で十三……いえ、十四歳だったかしら。今度、顔合わせの機会を作るよう、お父さまにお願いしておきますから。あちらのお嬢さんだったら、ご友人として申し分ないわ」

親が探してくる時点で、本当の意味での友人になるのは難しいのでは——と奈緒は内心で思った。そこに大人の打算も透けて見えるとなったら、なおさらだ。

乃木夫人の話し方は、まるでうんと幼い子どもを相手にしているようだった。彼女は沙耶子の意見をすべて封殺して、自分の考えだけを押しつけている。見ていてあまり気持ちの良いものではない。

「まったく、菊見の会でお父さまがあなたから目を離すからこんなことに……大体、どういうきっかけで知り合ったの？　周りには他にも大勢いらしたでしょうに」

「それは……」

夫人の質問に、沙耶子が言い淀む。華族のことも乃木家のこともよく知らない奈緒だが、そのきっかけが「異人に話しかけられたこと」だと答えたら、この母親の機嫌はますます悪くなるのだろうな、というのはなんとなく想像がついた。

「わたしが困っていたところを、沙耶子さんが助けてくださったんです」

奈緒が口を挟むと、二人は同時にこちらを振り向いた。

夫人は今になって奈緒の存在を思い出したような顔をしているが、沙耶子のほうは大きく見開いた目に驚きの色を浮かべている。

「人を探して会場内をうろうろしていた時に、沙耶子さんがご親切にも声をかけてくださって……年齢が近いのもあり、つい打ち解けてお喋りしてしまいました。優しく愛らしいお人柄に惹かれて、また楽しくお話しできればと、あまり深く考えもせずお招きを受けてしまったのですけれど、ご迷惑でしたら申し訳ありません。わたしが礼儀知らずなばかりに奥さまをご不快にさせてしまったようだと、後で藤堂家のほうにも謝っておきます」

しおらしく頭を下げたが、「こちらに下心はない」「自分は招かれてここにいる」というところは抜かりなく強調して、ついでにちくりと反撃もしておく。

案の定、「藤堂家」の名前を聞いた途端、乃木夫人の顔色が変わった。

「いいえ、あの、さきほども言いましたけど、あなたがどうこうというわけではないのよ。そんな、藤堂さまには何も……私はただ、華族の娘としての心構えをね」

「お母さま、そのお話は後でゆっくりお聞きしますから。私、奈緒さんに、ぜひ我が家の茶室を見ていただきたいと思っているの」

夫人の態度が引き気味になったところで、すかさず沙耶子が口を開いた。

「茶室——ああ、そうね」

その言葉に、夫人がいくぶん安心したような顔になる。「それがいいわ」と頷いて、女中に小さな声で何事かを指図した。

「では急ぎ用意させますから、その間、奈緒さんにお庭を見ていただきなさい。くれぐれも、離れのほうには近づかないようにね」

「ええ、もちろん」

心得ている、というように沙耶子が返事をするのを見て、離れの建物には老人か病人がいるのかしら、と奈緒は考えた。

「こんなこと、『あちら』に知られたら、何を言われるか」

小さく呟く乃木夫人の眉間には、深い皺が刻まれている。

「……それでは奈緒さん、私はこれで」

軽く会釈をすると、夫人はくるりと背中を向け、屋敷の中に入り玄関の戸をぴしゃんと閉めた。

庭をぐるりと見て廻ってから、改めて茶室へと案内された。

屋敷の中の一室ではなく、ちゃんと藁《わら》葺きの門があって露地もある、母屋からは完全に独立した茶室である。露地には飛び石、蹲踞《つくばい》、石灯籠も整然と配置されていた。

女中が準備したらしく、障子は開け放たれており、茶の支度も整っている。しかし沙耶子は中には入らず、奈緒に濡縁《ぬれえん》に腰掛けるよう勧めると、自分もその隣に座った。

彼女は明るい色目の豪奢な着物を身につけているので、このような侘《わ》び寂《さ》びの空間では、ことさら華やかさが際立つ。

「こんなところでごめんなさいね。でも、ここがいちばん静かで落ち着くのよ」

おそらく沙耶子は最初から、奈緒をここに連れてくるつもりだったのだろう。本当は、あの母親と顔を合わせるのも避けたかったのではないか。

反対されるのが予想できても、彼女は自分を屋敷に招いてくれた。「仲良くなりたい」という言葉は嘘ではなかった、ということだ。

だったらもう変に萎縮《いしゅく》するのはやめよう、と奈緒は考えた。相手がそう望むなら、こちらも普段学友に接するようにすればいい。

「そういえば、これ、お土産に持ってきたのだけど」

「まあ、ありがとう。なあに?」

今まですっかり渡しそびれ、ずっと手に持ったままだった包みを差し出すと、沙耶子は首を傾げた。

「それがね」と奈緒は小さく噴き出してしまう。

「シュークリームなの。だって、茶室に案内されるとは思わなかったんですもの」

簡素と閑静を楽しむ茶室と、甘いクリームをたっぷり詰めた西洋菓子。これほど場違いな取り合わせもあるまい。

しかし沙耶子は大喜びして両手を合わせた。

「私、シュークリーム大好きよ！　見るだけでもわくわくするものね。後で一緒にいただきましょう。そもそもここでお茶を点《た》てるつもりはなかったのよ」

「それを聞いて安心したわ。お作法は一応知っているけど、苦手で」

「私もよ。お茶は苦いし、足は痺《しび》れるし」

二人で声を揃えて笑ってから、沙耶子は大きく息を吐いた。

「ああ、本当に楽しい。こんな風に何も考えずお喋りできるって、素晴らしいわね」

独り言のようにしみじみと言ってから、奈緒のほうを向いて微笑む。

「……あのね、こんなことを言うのは恥ずかしいのだけど、私、今まで自分で何かを選ぶということをしたことがないの。交友関係にしろ何にしろ、いつもお母さまが先に決めてしまうから。そういう意味では奈緒さんは、はじめての『私が見つけたお友だち』なのよ」

その様子があまりに嬉しげなので、奈緒は「華族の令嬢がなぜ自分を？」と訝っていたことが申し訳なく思えてきた。

沙耶子が口に袖先を当て、くすっと笑う。

「さっきのお母さまのお顔ったら！　お母さまをあんな風に黙らせるなんて、奈緒さんはすごいわね。あの時、私の見る目は正しかったんだと確信して、それがとっても誇らしかったの」

その言葉は決して大げさなものではないのだろう。母親のいない菊見の会は、彼女が自分の意志で動ける数少ない機会だったのかもしれない。

「でも、女学校では？」

「周りは全員華族の子女でしょう？　そうすると、何かと面倒なことが多くって。会話の中身にも気を遣うけれど、相手のお家のことも考慮しなければならないし」

「相手のお家？」

「家格の釣り合いが取れているかとか、そういうことよ。乃木家は、ご一新の際の勲功《くんこう》で叙爵《じょしゃく》した新興華族でね。公家でも大名でもない出身の家は、華族の中では立場が下で、いくら同級生でも格上の方々には声もかけられないの。それにやっぱり、お母さまから『あの方とあの方はダメ、あの方とはお近づきになっておきなさい』なんてことを指示されるし」

「まあ……」

女学校内で「格」について一度も考えたことのない奈緒は、目を白黒させた。

「学校といっても、あそこは歴然とした身分社会なのよ。お互いの立場を考えて忖度《そんたく》しなければならないから、他愛ない会話を楽しむどころではなかったわ。卒業した今も何人かとはお付き合いがあるけれど、そこはやっぱり変わらないのよね」

「えっ、卒業？」

思わず声を上げてしまう。沙耶子はきょとんとした顔でこちらを見返してから、楽しげに目元を緩めた。

「奈緒さん、おいくつ？」

「十七歳……」

「私は十八よ。今までずっと、私のことを年下だと思っていたでしょう」

奈緒は首を縮めた。沙耶子は言動も雰囲気もどこか子どものようなあどけなさがあるから、自分より一つか二つは下だろうと勝手に思い込んでいたのだ。

そういえば、女学校で英語とフランス語を「習っている」ではなく「習った」と言っていたのだっけ。

「そ、そうなのね……年上……」

お姉さんぶった話し方をしていなかっただろうかと、今になって赤面する。

沙耶子はふふふと笑った。

「気にしないで。他の方にもよく『子どもっぽい』と言われるのよ。それだからお父さまも心配して、お嫁入りはもう少し先でもいいかと考えていらっしゃるようなの」

「……ご予定があるの？」

奈緒は以前、親から望まぬ結婚を強いられていた友人の雪乃《ゆきの》に無神経なことを言ってしまった苦い経験がある。慎重に訊ねると、沙耶子は「ええ」とあっさり頷いた。

「といっても、お相手とはほとんどお会いしたことがないの。けれどどの方も、そんな感じだと聞いたわ。それでもなんとか上手くやっていらっしゃるのだものね」

「……そうね」

「お父さまだって、二人の妻と問題なく暮らしていらっしゃるし」

「…………」

は？

間の抜けた声が出そうになるのを、なんとか押し留めた。また思い込みで変なことを言ってしまってはいけない。

「ええっと、二人の奥さまというと……前妻の方がいらして、沙耶子さんのお母さまは後妻ということ？」

おそるおそる問うと、沙耶子は首を傾げた。

「いいえ？　今現在、妻が二人いるということよ？　ああ、呼び方としては、本妻と妾ということになるのだけど」

「そ、そう……お妾さんが他のところにいらっしゃると……」

「ああ、そういうお家もあるようね。でも、うちの場合はここで一緒に暮らしているわ。母屋ではなく離れのほうだけど、同じ敷地内だもの」

「い……一緒に……じゃあ、あの離れに……？」

なんでもないように説明する沙耶子の言葉が、まるで異国語のように聞こえた。意味は判るのだが、根本的なところで価値観の相違がある。

なるほど、藤堂夫人が言っていたのはこれか、と奈緒は心から納得した。「乃木男爵邸は、本妻と妾が同居しているなかなか特殊な家だから、驚くかもしれない」ということだったのだ。

大いにびっくりしました。いっそはっきり言ってくれればよかったのに。

とは思ったが、事前に聞いていようがいまいが、なんと返していいか判らなかったのは同じだっただろう。微妙な表情で黙る奈緒を余所に、沙耶子はニコニコしている。

「奈緒さんのお母さまはどんな方？」

「あ、母はわたしが三歳の時に亡くなって……」

「まあ、そうなの。私には二人も母がいるのに、奈緒さんには一人もいないなんて、世間というのは不公平ね。一人分けてあげられたらいいのだけど」

頬に手を当ててため息をついているが、冗談とも本気とも判断がつかない。沙耶子が浮世離れしているのか、それとも奈緒が世間知らずなのか、頭が混乱した。

父親に二人の妻がいて、その両方がすぐ顔を合わせられる場所に住んでいる。年頃の娘には到底我慢ならないことのように思えるが、沙耶子は本当に何も感じていないのだろうか。奈緒だったら、父が再婚相手を連れてきただけでも、多少は複雑な気分になりそうだ。

「奈緒さんは、婚約者はいらっしゃるの？」

話の流れ的には普通のことだったかもしれないが、その問いに、胸が針で刺されたようにちくんとした。

「いいえ……」

「では、好きな人は？」

「……好きな人」

同じ言葉を小さく繰り返して口を噤み、奈緒は視線をふらりと彷徨わせた。

露地の前栽《せんざい》では、ここでも菊が咲いている。その花の上に、侯爵夫人の顔が重なった。

……忘れられないし、諦められない。会いたいと願わずにいられない。

そういう人ならいる。

「――ずっと、会えていないの」

ぽつりと言葉を落とすようにして答えると、沙耶子は「そう……」と静かに言った。

「お手紙はしたためてみたの？」

「手紙？」

思いもかけない助言をされて、奈緒は目を瞬いた。

本郷ではなく当真本人に手紙を出す、という発想はまったくなかったからだ。住所云々の前に、そもそも配達人が暁月屋敷に辿り着けないだろう。

いや、でも意外とそれは盲点だったかもしれない。

眉間に皺を寄せて考え始めた奈緒を見て、沙耶子は目を細めた。

「うまくいくといいわね」

それから少し身を寄せて、内緒話をするように声をひそめる。

「あのね、奈緒さん、実は私も――」

何かを言いかけた時、露地門のほうから、じゃり、と小石を踏む音がした。

「やあ沙耶子、お邪魔するよ。お友だちはいらっしゃったかい？」

その声が聞こえた途端、沙耶子の顔つきと雰囲気が劇的に変化した。

まろやかな頰にぱっと赤みが差し、大きな目がきらきらとした輝きを放つ。まるで花が咲いたように、口元が柔らかく綻んだ。無意識のように手が動いて、凝った形の束髪をさっと整える。細いうなじに数本垂れた後れ毛が、急に艶《なま》めいて見えた。

刹那のうちに「少女」が「女」へと変貌《へんぼう》した——そんな感じがした。

「来てくれたのね、伊万里《いまり》」

沙耶子の弾んだ声と同時に、その人物が姿を見せる。

奈緒は一瞬、息を止めた。

「君が奈緒さん？　沙耶子から話は聞いているよ」

そこにいるのは、おそろしいほどの美貌《びぼう》の持ち主だった。

若い男性なのに、象牙《ぞうげ》のような肌は透き通りそうなくらい白い。繊細《せんさい》な顔も首筋も滑らかな線で形づくられ、まるで陶器でできた人形のようだという印象を受けた。どこもかしこも端正なので、どうしても作り物めいて見えるのだ。

すらりと切れ上がった目も、高い鼻梁《びりょう》も、ゆったりと微笑む唇も、寸分の狂いもなく配置されている。精巧な設計図を元に作られたと言われても信じてしまいそうなほど、完璧に整った容姿をしていた。

奈緒は自分がどうすればいいのか、まったく判らなかった。目の前にいる白皙《はくせき》の美青年に視線が釘付けになったきり、動けない。

「伊万里、奈緒さんが驚いていらっしゃるわ」

口もきけず静止したままの奈緒にくすっと笑って、沙耶子が青年に言った。

「ああ、すみません。突然知らない男が来たら、びっくりするよね」

気さくな口調で話しかけられて、奈緒はようやく我に返った。目をしばたたき、固まった手をなんとか動かして口元に当て、ぎこちない声を喉から絞り出す。

「こ——こちらこそ、ごめんなさい。あんまり素敵な方なので、見惚れてしまって」

「ふふ、伊万里にはじめて会った人は、大体そうなるのよ。紹介するわね、奈緒さん。こちら、私の兄ですの」

「乃木伊万里です。よろしく」

笑みを向けられ、奈緒は身じろぎした。

「お……お兄さま？」

声が裏返りそうになる。だめだ、しっかりしなければ。

「兄といっても、半分しか血は繋がっていないけどね。僕は妾の子だから」

「あら、でも、乃木家の長男はお兄さまよ。私より五年も先に生まれたのだもの」

五つ上ということは、現在二十三歳か。その年齢で男爵家の長男ならば、身なりもそれに適ったものになって当然のはずだ。しかし男性にしては華奢な伊万里は、白絣《しろがすり》に紺の袴《はかま》という、まるで書生のような出で立ちだった。上等な振袖姿の沙耶子とは明らかに差がある。

「僕は子どもの頃から身体が弱くて」

何も聞いていないのに、伊万里が先んじて口を開いた。奈緒の疑問を読み取ってのことなら、ずいぶん目敏い性質のようだ。

彼の視線がこちらに向いているだけで、息をするのも苦しくなってくる。背中にじっとりと汗をかいた。

「些細《ささい》なことですぐ寝込んでしまうから、これはきっと若死にするだろうと、父親から早々に見限られてね。なんとか丈夫になりたいと頑張ったけど、成長したらしたで、肺を冒されてしまった。おかげで現在は母屋への立ち入りも許されず、沙耶子に近づくのも禁じられている。妹に会うのさえ、人目を盗まなければいけないんだ。外に出て働くこともできない僕はただの金食い虫でしかないから、せめて使用人の真似事をして罪悪感を減らしているというわけさ」

肩を竦め、さばさばした口調で自分の不幸な境遇を説明する伊万里は、肌は白いのに頬が朱を刷いたように赤く、目が潤んでいた。どちらも結核患者の特徴だが、彼の場合はぞくりとするほどの色気を醸《かも》し出している。

結核は国民病と言われるほど罹患者《りかんしゃ》が多いが、治療法は現在のところ特にない。栄養のあるものを食べて、大人しく静養し、少しでも良くなるのを願うくらいだ。

「そんなことを言わないで、伊万里。きっと元気になるわ。お父さまがなんとおっしゃろうと、私は伊万里の傍にいる。お金だっていくらでも私が都合するから、無理をしなくていいのよ」

眉を下げた沙耶子が兄の近くに寄り、その手をきゅっと握って言う。彼もまた、「ありがとう、そんな優しいことを言ってくれるのは沙耶子だけだよ」とその上に自分の手をやんわりと重ねた。

可憐な妹と、儚《はかな》げで妖艶《ようえん》な雰囲気を持つ兄。まるで絵画のように似合いの二人だ。彼らは奈緒の存在すら忘れたように互いをじっと見つめ合い、睦まじく寄り添っている。現実離れしているほど、美しい光景だった。

しかし、それはどう見ても「兄妹」の距離感ではない。

だからこそ余計に恐ろしくなって、膝の上でぐっと拳を握りしめた。着物に包まれた足は、先刻からずっと震えっぱなしだ。

——どうして。

伊万里の顔を見たその時から、奈緒の耳元では、大音量の鳴き声が響き続けている。

他の人には聞こえないその声は、黒豆の警告だ。

ぎゃあん！　ぎゃあん！　ぎゃあん！

……そこに妖魔がいるぞという合図。

奈緒は彼らに憚《はばか》るふりをして視線を逸らし、そっと地面に目をやった。

優しげな微笑を浮かべる伊万里の影は、ざわざわと揺れている。

その頭の部分から、二本の黒い角《つの》のようなものがぞろりと伸びているのを見て、気が遠くなりそうになった。

挨拶に来ただけ、という伊万里は、その後すぐに立ち去った。

彼がいなくなると、必死で何事もないように取り繕っていた奈緒は安堵したが、沙耶子は目に見えてしょんぼりした。

先刻の奈緒がしたように前栽に目をやりながら、ぽろっと漏らすように小さく呟く。

「あのね……私にも、好きな人がいるの」

伊万里が来る前に言おうとしていたのも、そのことだったのだろう。その時に聞いていたなら励ましたり応援したりしていたのかもしれないが、今となっては声が喉に張りついてしまったかのように返事ができなかった。

奈緒の沈黙が非難によるものだと思ったのか、沙耶子はちらっとこちらに目をやって、弁解するように首を振った。

「もちろん、こんなの許されないわよね。判ってるわ。私には結婚の決まった相手がいるし、それについては納得もしている。でもやっぱり、この気持ちはどうしたって断ち切れないの。それに──」

躊躇するような間に、胸がざわめく。思わずそこに手をやってぐっと握りしめた奈緒は、沙耶子の手も膝の上で固く拳になっていることに気がついた。

「……それに、私と伊万里は、もう二度と『兄妹』には戻れない」

その横顔に現れているのは、普段の無邪気さとはかけ離れた、女の情念と執着だ。奈緒の背中を冷たいものが走り抜けた。

彼女が抱いているのが、美しい異母兄への淡い想いや憧れであったなら、どんなによかっただろう。しかし二人の関係は、すでに男女ののっぴきならないところまで進んでしまっているという。

「でも……それは」

決して成就しない恋だ。だったら今のうちに封印してしまわなければ――という、もっともらしい忠告を口に出すことが、奈緒にはできなかった。どうしても諦められない気持ち、理性で抑えつけられない衝動にさんざん振り回されているのは、自分だって同様だからだ。

口を噤んで俯いた奈緒を見て、沙耶子は少し切なげに微笑した。

「こんなことをいきなり聞かされたら、驚くのは当然ね。でも、他の誰にも言えなくて」

身内にはもちろん知られてはならないし、立場を考えた付き合いしかできないという女学校の友人たちにも話せなかっただろう。

こんなに重いものを一人で抱え込んで、沙耶子はずっと苦しかったに違いない。

道を外れていること、この先に明るい未来などないことは、本人だって嫌というほど承知している。そんな彼女に対して、奈緒が一体何を言えようか。

――ましてや、恋する相手には妖魔が取り憑いているなんて。

今の自分にできることと言えば、その胸の内に溜まったものを吐き出させて、少しでも軽くしてやることくらいだ。

奈緒は話を聞くだけ聞いて、忠告めいたことは何も口にせず、男爵邸を辞去することにした。

沙耶子は一度は引き留めたが、それ以上強くは言わなかった。

露地門のところで見送る彼女は、どこか申し訳なさそうで、寂しげな表情をしていた。

「ごめんなさいね、奈緒さん」

それは何に対しての謝罪だったのだろう。

「でも、あなたとお友だちになりたかったというのは、本当なの」

「あら、わたしたち、もうお友だちになったのではなかったの？」

奈緒の返事に、沙耶子ははっとして、伏せていた顔を上げた。

「今日は楽しかった。シュークリームを食べられなかったのは、少し残念だったけど」

なるべく軽い口調で笑いながら言うと、沙耶子は少し泣きそうな顔になった。固かった表情をほろりと崩して、「今度……今度、必ずね」と微笑む。

「ええ、また今度」

伊万里に憑いた妖魔をなんとかしてから。

心の中でそう呟いて、奈緒は沙耶子に別れを告げた。

庭と茶室を繋ぐ細い石段を下りる。この先に女中が待っていて、門まで案内してくれるはずだ。

気が急いているため、知らず早足になった。なんとしてでもこのことを当真に伝えて、伊万里に取り憑いた妖魔を封じてもらわなければ。

石段を下りきる手前で、人の声がして足を止めた。

植えられた木が視界を遮っているが、その先で誰かがお喋りをしているらしい。二人いて、うち一人は女性の声だから、たぶん案内役の女中だろう。

もう一人は——

ぎゅうっと胃が縮むような心地がした。自分の足元を見下ろし、肩の上でぴんと尻尾を立てている仔猫の影に向かって、「しっ」と唇に人差し指を立てる。

判ってる、判ってるから黒豆、少しだけ静かにしていて。

黒豆は一度不満そうに「ぎゃう」と鳴いたものの、さきほどのような警告音を発することはなかった。その代わり、耳を寝かせるように横向きに張って唸《うな》り声を立てる。いつもは素っ気ない小妖魔だが、精一杯奈緒を守ろうとしているのかもしれない。

木の陰に隠れ、そろりと覗き見ると、女中と伊万里の二人が談笑していた。

二人は「主人と使用人」というようには見えなかったが、だからといって友人同士にも、恋人同士のようにも見えなかった。なんというか——彼らの間には、温度差がありすぎるのである。

笑い声を立てる女中からは、この家の子息に対する敬意と緊張はほとんど感じられない。それどころか、積極的に話題を提供しては、返ってくる反応にいちいち顔を輝かせている。沙耶子が母親に叱られている間、関心がなさそうに表情も変えずにいた姿とは別人のようだ。

だが、その露骨な好意を示されている伊万里のほうは、一貫して曖昧な態度のままだった。笑みを浮かべながら相槌を打つだけで、自分から近づくわけではないが拒絶もしない。

伊万里が女中へ向ける目には、相手を観察するような冷ややかさが宿っている。自分がどう動き、どんな仕草をし、何を言えば、上手に籠絡《ろうらく》できるか――それを計算しているかのように。

「やあ、お客さまのお帰りだ」

その場に茫然《ぼうぜん》と立ち尽くしていた奈緒を、伊万里が見つけた。女中が口を閉じ、さっと表情と態度を改める。

「今日は来てくれてありがとう。妹も楽しい時間を過ごせただろう」

彼は、沙耶子に見せていたのとはまったく違う、「兄」の顔をしてそう言った。こうやって周囲を欺《あざむ》きながら、異母妹との関係を続けていたのか。

「ど――どうも、お邪魔いたしました」

奈緒は乾いた声で挨拶をした。じっと向けられる視線に、何もかもを見透かされてしまいそうで、どうにも恐ろしくてたまらない。

「ええ。……ぜひ、また」

白い肌に映える赤い唇が緩やかに弧を描いた。壮絶なまでに美しい微笑を浮かべた伊万里の足元では、真っ黒い影がゆらゆら揺れている。

その対比に、奈緒はぞくりと寒気を覚えた。


どうやって当真にこのことを知らせたらいいのか。

考えに考えて、奈緒は沙耶子の案を採択することにした。手紙を書くのだ。

もちろん普通に出しても届かないことは判っている。しかしやりようによっては、可能性も皆無ではない。

奈緒は女学校の帰りにあやしの森へ立ち寄ると、林立する木々の中でなるべく背の高いものを探し出し、その枝の先に、事情を記した手紙を結びつけた。

そして、これではいくらなんでも目立たなかろうと、髪に飾っていたリボンをしゅるりと解いて、一緒に巻きつけておいた。

考えてみたらこのリボンは、以前当真と大通りの西洋小間物店に入った時、雪乃に贈るのとお揃いで自分用に購入したものだ。それから数か月しか経っていないのに、ずいぶんと懐かしい気がする。

手紙とリボンが簡単に落ちないことを確かめてから、奈緒は顔を真上に向けた。

すうっと息を吸ってから、大声で叫ぶ。

「赤月、奈緒よ！　どこかにいるなら、聞いて！　どうしても当真に知らせたいことがあるの！　手紙を枝に結んでおくわ。当真のもとに届けて、お願い！」

静かな森の中に自分の声が反響するようにして広がったが、どこからも返事はなく、しんとしたままだった。

視線を手紙に戻し、ため息をつく。不確実極まりないやり方であることは承知しているが、もうこれくらいしか奈緒には打つ手がない。

願をかけるように木に向かって両手を合わせると、くるっと背を向け、森を出た。

「――ああ、やっぱりいた。ここで待っていたら会えるような気がしたんだ」

外に出た途端、声をかけてきたのは須弥哉だった。奈緒の恰好を見て、「お、振袖姿もいいが、女学生の袴も似合うね」と、相変わらず調子がいい。

彼のほうは前と同じく着流しに竹刀袋という組み合わせで、違うのは着物の色柄くらいだ。

「わたしに何か用？」

「冷たいなあ。侯爵邸で中途半端な別れ方をしたから、改めて話をしようと思ったんだよ。あんたはもう用無しだからさっさと出ていけ、って奈緒が言うからさ」

「仕方ないじゃないの。不法侵入者として捕まったら困るでしょう？」

大体、そんな言い方をした覚えもない。騒ぎは未然に防げたことだし、誰かに見つかる前に早く侯爵邸を出たほうがいい、と勧めただけだ。侯爵夫人のほうに気を取られて、少々粗雑な追い出し方になったことは否定しないが。

「用はあるよ。なあ、奈緒は暁月家の当主に会えるんだろう？　俺のことを紹介してくれないか？　勝家の人間なんだから、その資格はあると思うんだよな」

暁月家当主に会える資格――つまりそれは、暁月屋敷へと導く黒い羽根を持っている、という意味でもある。

「……須弥哉のところに、赤月は来なかった？」

「ああ、赤月って、当主の近くにいつも侍《はべ》っているという、喋るカラスのことかい？　いや、カラスはそこら中を飛んでるけど、話しかけてくるやつはいなかったね」

「そう……」

赤月は須弥哉の存在にまだ気づいていないのだろうか。こんなにも当真に似ているのだから、一度でも見かければ無関係でないことくらい判るはずだ。もしかしたら、病気や怪我でもして、屋敷から出られない状態なのでは……

そう思ったら、急に心配になってきた。赤月は年寄りだし、と縁起でもない方向で不安が増す。こうしているうちに、あのお喋りが二度と聞けなくなったらどうしよう。

「森の中に屋敷があるって聞いたけど、どうやっても見つからないんだよなあ。詳しいことは親父も知らなかったみたいだし、ここまで来たらなんとかなると思ってた俺が甘かったみたいだ……って、え、奈緒、どうした？　俺、何か悪いこと言った？」

森のほうを向いて口を動かしていた須弥哉は、奈緒に視線を戻して、驚いたように目を剥いた。どうやら泣き出す一歩手前のような、情けない顔をしていたらしい。

「暁月屋敷へ行き着くためには、導き手の羽根が必要なの……」

「ははあ、選ばれた者しか行けないってことか。で、奈緒はその羽根をもらってるんだろう？　なんでそんな悲しげな顔をしてるんだい」

首を傾げる須弥哉に、奈緒は正直に現在の状況を説明することにした。分家の末裔なら、確かに当真に会う資格はあると思ったからだ。自分はその資格を剥奪《はくだつ》されてしまったが。

「……へー、当主と親しくなりかけたと思ったら、突然あちらから突き放されたと」

結界に囲まれた大楠《おおくす》のことと巨大な闇のような妖魔のことは伏せて、ざっと経緯を話すと、須弥哉は半分困惑、もう半分は面白そうな表情で顎に手をやった。

「そりゃ、ひでえ男だなあ。女と手を切る時は、きっちり別れを告げてやるもんさ。最後にちょっとだけ優しくして姿をくらますなんてことをされたら、いつまでもモヤモヤしたもんが心に残っちまう」

その言い方では、まるで男女の破局話のようではないか。奈緒はムッとしたが、「モヤモヤしたものが残る」というところだけは同意せざるを得なかった。

これでは自分は同じ場所に立ち止まったまま、前へ進めない。

「わたしが何か悪いことをしたのかもしれない。それまでにも何度か、当真には迷惑をかけてしまったし……」

当真の両親を呑み込んだ妖魔を再びあやしの森へ呼び寄せることになったのも、もとはといえば奈緒が原因だ。

——それで当真は、わたしのことが嫌になったのかも。

その言葉は喉の手前でつっかえて、どうしても外には出せなかった。

「でもどちらにしろ、きちんと当真の口から理由を聞きたいの。それだけよ」

「それだけかなあ」

須弥哉はからかうように笑った。この青年の物言いには、時々神経を逆撫《さかな》でされる。

「ということで、この件では須弥哉のお役には立てないわ。じゃあ」

素《そ》っ気《け》なく踵を返したら、「待った待った」と慌てて止められた。

「悪かったよ。なにしろ俺は当主のことを何も知らないんだ。せめてどんなやつなのか、教えてくれないか？」

「どんなって……」

奈緒は足を止め、困った顔をした。分家の末裔として現当主の人柄を知りたいという気持ちは判るが、自分だって詳細に語れるほど当真のことを知っているわけではない。

結局、「不愛想で、言葉が足りなくて、赤月には過保護だが、人嫌い」という説明しかできなかった。

須弥哉がなんともいえない顔でこちらを見てきたが、仕方ないではないか。

「奈緒ってもしかして男の趣味が悪……あっ、待って。もう言わないから」

膨れっ面で振り返ると、須弥哉は「じゃあさ」と目を細めた。

少し身を屈めてこちらの顔を覗き込み、抑えた声で問いかける。

「……この森には『大事なもの』が隠されていると聞いたけど、それは知ってる？」

奈緒は返答に詰まった。

いくら分家の人間でも、暁月家の者しか知らない場所に隠された「妖魔を封じる穴」のことを教えるわけにはいかない。それは代々の当主があやしの森の番人として守り続けてきた、最大の秘密でもあるからだ。

「――知らないわ」

否定したものの、須弥哉が額面通りに受け取ったかは怪しい。へえ、と言ったきりそれ以上の追及はしてこなかったが、その顔には意味ありげな薄笑いが浮かんでいる。居心地が悪くてお腹がもぞもぞした。

「ま、いいや。それで奈緒はこうしてせっせとこの森に足を運んでは、当主を探してウロウロしてるわけだな」

その通りだが、他人の口から改めて言われると恥ずかしい。当主を探して、の前に「未練たらしく」という言葉がくっついている気がするのは被害妄想だろうか。

「違うのよ、今日は手紙を……」

「手紙？」

弁解がましいことを言ったせいで、乃木伊万里に憑いた妖魔の件についても話す羽目になった。

沙耶子と伊万里の関係については口を濁したが、須弥哉はすぐに全体像が把握できたようだ。

「なるほどねえ」

袖手をして、なんとなく楽しげな顔をする。

「同じ父親を持って同じ家に住みながら、一方は令嬢として育ち、一方は使用人同然で育ったわけだ。そりゃあ、男のほうの恨みも激しくなるよなあ」

「恨み……」

奈緒は小さく呟いた。

「――それは、沙耶子さんに対して？」

「そりゃそうさ。奈緒も気づいてるんだろう？　そいつが半分血の繋がった妹を誑《たら》し込《こ》んで、貢がせて、堕落させようとしてるクズだってこと」

はっきりと言いきられて、目を伏せる。

妖魔に憑かれるような人間は、そもそも心の中に浅ましい欲望を抱えている、と当真は言っていた。

思考と行動を妖魔に操られているにせよ、伊万里の中にはもともと、妹を引きずり落としたいという邪念があったのだろうか。

あれほど一途に愛して身も心も捧げている相手の本心を知った時、沙耶子はどう思うのかと、暗澹《あんたん》たる気分になる。

「だけど恨むなら、自分の父親を恨むべきだわ。沙耶子さんに向けるのは筋違いよ」

奈緒のその言葉を、須弥哉は鼻先であしらった。

「それは正論だね。正論だが、綺麗事だよ。人の心なんてのは、そんなに単純なものじゃない。周囲に大事にされている妹と、蔑ろにされている自分。輝くような未来がある妹と、未来なんて存在しない自分。それを近くで見続けていなきゃならないのは拷問に等しい。妹が無邪気であればあるほど、自分の中の醜い嫉妬心が浮き彫りにされるだけだったろうさ。妹が光だとしたら、兄は影だ。……影でいるしかない人間の気持ちが、奈緒に判るかい？」

口調は軽いが、彼の目には醒めた感情が覗いている。

奈緒は無言になるしかなかった。以前、自分の兄の慎一郎《しんいちろう》に同じような言葉をぶつけられたことがあるが、だからといって「あちら側」の心情が理解できたわけではない。

「だとしたらやっぱり、一刻も早く妖魔を封じてもらわないと」

これから妖魔が伊万里に何をさせるのか予想ができないが、いずれにしろその矛先は、沙耶子に向けられるだろう。

でも、もし当真に手紙が渡らなかったら──

不安げな表情で木々の向こうを見やった奈緒に、須弥哉がぽんと手を叩いた。

「よし、じゃあこうしよう。明日、今と同じくらいの時間に、また森に入るんだ。そして手紙の有無を確認する。もしその時になっても手紙が元の状態で残っていたら、当主の代わりに俺が協力してやるよ。妖魔を封じることはできないが、追い出すことはできるからな。それでどうだい？」

「そうね……」

確かに、期限を設けるというのはいい案かもしれない。先延ばしにすればするだけ、きっと沙耶子は苦しむことになる。

「じゃあ、明日またここで」

「えっ、あなたも来るの？」

「そのほうが話が早いだろ」

あっさり言って、須弥哉はその場を立ち去ってしまう。奈緒は呆気にとられた。

そういえば彼は父親が亡くなって、見物がてら東京に来たのだと言っていたが、こちらではどこかに宿を取っているのだろうか。いつもふらっと現れるし、そもそも謎だらけの人物なので、そういう現実的な方向に疑問が及ばなかった。

しかしあちらも、当真については興味があるようだが、奈緒に対しては名前以外のことを聞いてこない。だったらあれこれ詮索するのも不躾というものか……などと考えることで、奈緒はその後の長い時間をどうにか乗りきった。他の何かで気を紛らせていないと、手紙のことで頭がいっぱいになってしまう。

あれに気づいたとして、当真は果たしてちゃんと受け取ってくれるのだろうか。中身を読んでくれるだろうか――

翌日、少々ぐったりしながらあやしの森に出向くと、すでに須弥哉が来て待っていた。

「本当に来たのね」

「そう言ったろ」

よほど成り行きに関心があるらしい。だが今の奈緒に「暇なの？」と軽口を叩く余裕はなかった。言葉少なに、強張った顔つきで森の中へと踏み入る。

「約束して待ち合わせなんて、まるで逢引《あいびき》みたいだよなあ。場所に色気がないけど」

「挽き肉を使ったお料理なら食べたことがあるわ」

のんびり冗談を言う須弥哉にも完全に上の空で返事をしながら、歩を進めた。

手紙とリボンを結びつけた木はもうすぐ見えるはず。前方を塞ぐ枝を払いのける手は、小刻みに震えていた。

木立の間を抜けた、この先に……

「――ない」

呟いて、奈緒は立ち尽くした。

背の高い木の、ちょうど自分の頭と同じ位置に張り出した枝。そこに結んでおいた手紙は姿を消していた。

「ここで間違いないのか？」

須弥哉に確認されて、無言で頷いた。手紙はもしかして何かの拍子に外れたり破れたりするかもしれないと考えて、リボンのほうは二重巻きにしてきつく縛っておいたのだ。それが勝手に解けるはずがない。カラスの嘴《くちばし》でも無理だ。人の手でないと。

そのリボンまでがなくなっている。

あやしの森に生き物はいないから、小動物の仕業ということはないだろう。不気味な噂があるこの場所に、わざわざ入ってくる大人も子どももいない。

——だったら、当真が。

「よかった……」

胸に手を当て、細い息を吐き出した。リボンも持っていったということは、「受け取った」という意味に違いない。

「回りくどい真似を……」

須弥哉は不満げにぶつぶつ言っているが、奈緒は心からホッとした。手紙を読んだなら、当真は必ず行動してくれる。そこは疑う余地がなかった。

——妖魔が封じられたら、沙耶子も伊万里もこれ以上道を踏み外さずに済むはず。

自分に言い聞かせるように、心の中でそう呟いた。

「じゃあ帰りましょう」

いくぶん声を明るくして須弥哉に言い、もと来た道を戻ろうとしたところで、一瞬、視界の端を何か赤いものが過《よぎ》った気がした。

この森に赤いものがあったかしら……とぼんやり思って、すぐにはっとした。心臓が激しく波打ち、動揺と興奮で頬が熱を帯びる。一つの可能性が頭を掠《かす》めた途端、他の何もかもが吹っ飛んだ。

組紐では？

「奈緒⁉」

急に方向転換して走り出した奈緒に、須弥哉が目を丸くして叫ぶ。しかしその声ももう耳に入らない。着物の裾を蹴飛ばすようにして、木の根につまずきそうになりながら必死に走った。

「当真！」

名を呼んでその人の姿を捜したが、どこにも見当たらない。視界と行く手を邪魔する木々の存在が腹立たしくてたまらなかった。もっと開けた場所だったら簡単に見つけられたかもしれないのに！

しばらくの間、無我夢中で走り回っていた奈緒は、「――奈緒、もうここから出よう」という須弥哉の静かな声でようやく足を止めた。荒い呼吸音が、静まり返った森の中で虚しく響いている。

「さっき……赤い紐が」

「ああ、射し入ってくる光の加減で、葉っぱか何かが色づいて見えたのかな。ただでさえここは薄暗いしなあ」

「葉っぱ……」

ちらっと赤い何かが見えたような気がした。それを奈緒が、「組紐」だと咄嗟に思い込んでしまった。……ただそれだけのこと。

「人がいたら、足音くらいはするんじゃないかな」

須弥哉はからかうでも馬鹿にするでもなく、少し苦笑交じりの顔をしている。

「そうね……」

ぽつんと言って、奈緒はうな垂れた。

「なんだったら、奈緒の気が済むまで森の中を探索しようか。付き合うよ」

励ますような須弥哉の言葉に、力なく首を横に振る。これ以上落胆したら、その時こそ心がぽっきり折れてしまいそうで、怖かった。

「じゃあこの際だから、ここを出て本当の逢引きをしないか？　俺はまだ銀座レンガ街も帝国ホテルも見てないし、牛鍋も食ってないんだ。東京案内してくれよ」

へらへらしながら能天気なことを言う彼の顔を見たが、元気づけようとしているのか、ただふざけているだけなのか、今ひとつ判別しづらかった。

「一人でどうぞ」

「冷てえなあ」

ぴしゃりと断ったらボヤかれたが、その軽薄さに、張り詰めていた奈緒の気持ちも少しほぐれた。自分だけだったら、たぶん泣き出していただろう。

「見物するなら、ニコライ堂も綺麗よ」

「うーん、異教の建物だろ？　それはちょっとな」

「意外と年寄りくさいのね」

「その口の悪さは一体どこで習ったんだい、お嬢さま？」

二人で会話を交わしながら、森の出口に向かって歩く。

背後で小さくガサッと音が鳴ったような気がして振り返ったが、そこにはやっぱり何もなかった。


しかし、人に託してあとはただ待つだけ、というのも落ち着かないものだ。

当真がいつどのように動くのか判らないし、何日かかるかもさっぱり判らない。妖魔を封じる前に自身の目で確認しようとするはずだから、まずは伊万里に近づく必要があるだろう。でも相手は男爵家の人間なのだし、そう簡単には……そういえばあの手紙、何か大事なことを書き忘れたような気がするけど、なんだっけ？

あれこれ考えていると、心配が膨れ上がってきてじっとしていられないので、女学校が休みの日、自分で様子を見に行くことにした。

先日はこちらも動揺していたから、もう一度沙耶子と落ち着いて話をしたかったというのもある。伊万里とは顔を合わせないようにすればいいだろう。

というわけで乃木男爵邸を訪問した奈緒だったが、伊万里どころか沙耶子にも会うことはできなかった。留守とか都合が悪いとかではなく、それ以前の問題で。

「お約束のない方はお取り次ぎできません」

門前に立ちはだかり、取りつく島もなく奈緒を撥ねつけたのは、先だって、伊万里と話をしていた女中だった。あの時は満面の笑みを浮かべて口を動かしていたのに、今は冷ややかな顔で唇を一文字に結んでいる。

「沙耶子さまは男爵家のご令嬢ですよ。いきなり来てお会いになれるわけないじゃありませんか。そこらの平民同士の付き合いと同じにされては困ります」

融通が利かない上に、こちらを見下す視線を返されて、さすがにカチンときた。

「確かに我が家はれっきとした平民ですけど、うちの女中たちはみんな、わたしを『お嬢さま』と呼んでそれなりの扱いをしてくれますし、無作法に距離を詰めてくるような真似はしませんわ」

それが何を当てこすっているのか、女中はすぐにピンときたらしい。さっと顔を赤くして、眉を吊り上げた。

「んまあ、商人の娘風情が……！」

華族である沙耶子は決して奈緒に対してそんな言い方はしなかったのに、その家の使用人のほうがよっぽど居丈高なのはどうしたことだろう。

「とにかく、沙耶子さまに取り次ぐことはできません！　突然やって来て、図々しいにも程があります！　そうやって男爵家に取り入ろうとしているんでしょうけどね、たった一度庭先に入ったくらいで大きな顔をされたらたまらないわよ！」

女中はそう言って、一歩も通さないというように両足を踏ん張った。これこそ「門前払い」というやつである。奈緒は自分の負けん気の強さを後悔したが、口から出てしまった言葉を戻すことはできない。

ここは諦めるしかなさそうだ、と肩を落とした。

「判りました、帰ります。——沙耶子さんに、お変わりはありませんか？」

「ええ、お元気ですよ」

放り投げるような返事だったが、少しホッとした。

「お兄さまのほうは……」

と言いかけただけで、平常に戻っていた女中の顔がみるみるうちにまた赤くなった。おまけに今度の眉の上げ方は、先刻よりも角度がついている。

「……やっぱり」

「は？」

「やっぱりあんた、伊万里さまに近づこうとしてるのね⁉　そうはさせないわよ、あの方があんたみたいな小娘を相手にするもんですか！」

完全に使用人の立場から逸脱したことを怒鳴り散らす女中の姿に、奈緒は恐ろしくなった。その形相が怖いというより、彼女の態度は華族家に仕える人間としてあり得ないものだからだ。

伊万里に手を差し伸べられたら、女性たちは「踏み越えてはいけない線」をぴょんと飛んで、その手を取ってしまう。もともとの美貌に加えて、実際に妖魔が憑いている今は、まさに魔性の持ち主というわけだ。

いくら美しくても、あんな男は御免である。奈緒が知りたいのは、妖魔がどうなったかだけだ。しかし影の動きに変わりはありませんかと訊ねるわけにもいかず、もどかしいといったらない。

また別の手段を考えなければ。

「……では、沙耶子さんに、言付《ことづ》けだけお願いします。『先日は助言をしてくださってありがとう、とても役に立ちました』と」

当真に手紙を渡すことができたのは沙耶子の一言のおかげなので、それだけは伝えておきたい。奈緒が頭を下げて頼み込むと、女中も我に返ったのか、すっと姿勢を正して着物の衿《えり》を直すように指先でなぞった。

「承りました」

用が済んだらさっさと帰れ、という言い方だ。好きにはなれそうもない相手だが、この女中も伊万里に心を奪われて正常な判断ができない状態ということなら、少し気の毒にも思えた。

「あ、それと」

「まだ何か？」

女中が苛々しながら問い返す。奈緒は顔を上に向けた。

「──近頃、カラスの姿を見かけませんでしたか？」

「カラ……なんですって？」

よほど意表を突かれたのか、彼女の顔と声から刺々しさが抜けた。ぽかんとして、奈緒と空とを見比べる。

「最近、カラスがこのあたりをぐるぐる飛び回っていたり、塀の上にじっと止まっていたりしませんでした？」

「飛び回って……」

女中は一瞬「そういえば」と何かに思い当たるような顔をしたが、すぐに気味が悪そうに眉を寄せた。少しだけ後ずさり、得体の知れない化け物を見るような目を奈緒に向ける。

「……存じません。それでは」

低い声で返すと、さっさと背を向けて中に入り、バタンと門扉《もんぴ》を閉じてしまった。奈緒の身長よりも高い木扉だから、あちら側の様子はまったく見えない。

奈緒はため息をついて、すごすごと退散することにした。歩き出してから、ちらっと後ろを振り返る。

……本当の「化け物」は門の内側にいるのだと、あの女中は知らない。

向こうから声をかけてもらわない限り、奈緒が沙耶子に会うことは非常に困難であるらしい。これだから華族というのは厄介だ。

それではと、今回もまた手紙を出してみたが、返事が一向に来ないというのは同じだった。待てど暮らせど音信不通であることに、不安が募る。本郷と違って住所は判っているし、当真と違って通常の手段で配達されたはずなのに。

手紙も駄目なら、やっぱりこちらから会いに行くしかない、と奈緒は決心した。

もう一度、藤堂夫人の力を借りよう。

枝に手紙を結びつけてから、もう十日以上経つ。いくらなんでも、なんらかの動きはあったはずだ。

夫人に頼んで、男爵家に渡りをつけてもらえばいい。伯爵である藤堂家のほうが家格は上だ。今度は突《つ》っ撥《ぱ》ねられることはないだろう。

思い立ったが吉日とばかり、奈緒は早速訪問着に着替えて支度をした。先にお伺いを立ててからにすべきかとも思ったが、時間が惜しい。

それに藤堂家では、あの女中のように取り次ぎもしないで追い出すことはしないだろう、という見立てでもあった。夫人は無理でも、せめて老執事が話だけでも聞いてくれるのではないか。

ばあやに「操ちゃんに会いに行く」と告げて、奈緒は家を出た。庭を通り抜け、門扉を開ける。

そこで驚愕《きょうがく》のあまり、全身の動きを止めた。

奈緒が出てくるのを待つようにして、門前に立っている人物を目にしたためだ。以前、塀にもたれた当真を見た時もびっくりしたが、今回も同じくらい――いや、それよりもさらに度肝を抜かれた。

「やあ奈緒くん、こんにちは。久しぶりだね」

背広姿の本郷は、片手を上げて軽い口調で挨拶をした。

まったく悪びれることのないその態度に、咄嗟に何も反応ができない。五を数えるくらいの間そこで固まっていた奈緒は、正気に戻ると同時に表情を厳しくして、ずかずかと大股で本郷に詰め寄った。

「奈緒くん、せっかく綺麗な着物を着ているのに、その歩き方は――」

「わたし、ずっと本郷さんに連絡を取ろうとしていたんです！　手紙は……いえ、そんなことはもうどうでもいいわ、とにかくお話ししたいことがあって。実は」

これまで溜まっていた鬱憤が一気に噴き出して、奈緒は挨拶も礼儀もすっ飛ばし、堰《せき》を切ったように話し出した。

それらの言葉の奔流《ほんりゅう》を押し留めるように、本郷が手の平を向ける。

「言いたいことはたくさんあるだろうと思うが、まずはこれを受け取ってもらえないか？」

そう言って差し出されたのは、一通の手紙だった。

奈緒がそれを見て真っ先に考えたのは、当真からの返事なのではないか、ということだ。

依頼の手紙が消えてから、「妖魔は封じた」という短い一言でも報告がないかと期待して、何度かあやしの森へ足を運んだ。毎回、何もないことにがっかりして立ち去る、ということの繰り返しだったが。

ひょっとして、本郷経由で知らせてくれたのでは？

奈緒は鼓動を高鳴らせて手紙を受け取ったが、一言どころか非常にどっしりとした重みと分厚さがあった。もしかしてああ見えて、当真は手紙では能弁なのだろうか。

「乃木沙耶子さんからだ」

「は？」

本郷の言葉に、奈緒は目を瞠《みは》った。

「沙耶子さんから……なぜ、本郷さんが？」

菊見の会で、沙耶子は本郷の名前すら聞いたことがないと言っていた。よしんばその後で知り合う機会があったのだとしても、彼に手紙を託す理由がまるで思いつかない。自分の住所は差出人のところに書いておいたはず……

「彼女は亡くなったよ」

怪訝《けげん》な表情をした奈緒に、声の調子も顔つきも変えることなく、本郷が言った。

「……えっ？」

聞き間違いか、別の意味のことを言っているのだと思って、きょとんとして聞き返す。

「いなくなった」？　旅行にでも行ったということか。

ちゃんと確認しようと口を開く前に、本郷はもう一度、はっきりと告げた。

「沙耶子さんは亡くなった。自分で命を絶ったんだ」

唇が中途半端な形で止まったまま、奈緒は動けなくなった。

その場に棒立ちになり、ぼんやりと本郷の顔を見返した。じわじわと言葉の意味が頭に入ってくるにつれ、急に視野が狭まり、周囲の景色が見えなくなる。風が葉を揺らす音も、チチチと小鳥が囀《さえず》る声も、何も聞こえなくなった。足元が泥地に変わってしまったように、下のほうへと沈み込んでいく感じがする。

頭の中にも、喉の奥にも、綿が詰まってしまったようだった。何かを考えることも、声を出すこともできない。胸のあたりが徐々に冷えていくような気がした。

薄い膜を隔てて外界から切り離されたようで、現実感がない。もしかして自分は今、悪い夢を見ているのでは？

「沙耶子さんは亡くなる前に、奈緒くん宛ての手紙を書いていたんだよ。そしてそれを私へと託すよう、計らっていたらしい。しかも『必ず直接本人に手渡して』という依頼つきでね。彼女とは一面識もないので父親の乃木男爵も不思議がっていたが、故人の遺志だからと頼んできた。私も鬼ではないからね、若い女性の遺言《ゆいごん》を無下にするわけにはいくまい」

本郷はそう説明してから苦笑した。

遺志、遺言、と上手く廻らない頭で反芻《はんすう》し、奈緒は手紙に目を落とした。

『奈緒さんへ』

封筒にはそれだけが書かれてある。流れるような筆致は、沙耶子のものだろう。大人びて上品な文字だった。そんなことさえ知らなかった奈緒のために、彼女は精一杯のことをしてくれたというのだろうか。

菊見の会の時に話した「本郷を探している、どうしても会って話したい」という望みを叶えようと。

震える手で開いたその手紙は、『ごめんなさい、いきなりこんなものを送りつけられてご迷惑でしょうけど』という謝罪から始まっていた。

長い巻紙にぎっしり書かれた文章を、必死に目で追う。

手紙の中で、本妻と妾が同居する乃木家の歪《いびつ》さを、沙耶子は淡々とした調子で綴っていた。

『――母もあちらも、表面上は問題なく振る舞っていました。近づきすぎず、諍《いさか》いを起こすこともない。だから父はおそらく未だに、二人の妻は上手くやっているものと信じているのだと思います。けれど、そんなことあるわけないわよね。乃木の家では、見えないところでいつも熾烈《しれつ》な争いがあり、互いへの敵対心のために子どもさえ利用する浅ましい駆け引きがありました。上辺だけは綺麗でも、底のほうでは昏《くら》い感情が堆積し、どんよりと澱《よど》み、腐臭を放っていました』

沙耶子はそれをなるべく見ないふり、気づかないふりでやり過ごしてきたのだという。そうでなければ、自分まで濁《にご》った沼に引きずり込まれて、溺れてしまいそうだから。無垢で無邪気で無知。それは沙耶子が被った仮面でもあったのだ。

『正式な妻は私の母、けれど長男を生んだのは妾のほう。母は妾に侮《あなど》られたくない一心で、私の何から何までを支配しようとしていました。そして時々、私に聞こえるくらいの小声で、なぜ男ではなかったの、と呟くこともありました。私は母に反抗なんてできませんでした。母が望むとおりの娘でなければ、捨てられてしまうと思って怖かったのです』

伊万里が病弱であることを最も喜んでいたのは母だろう、と沙耶子は書いていた。口では「可哀想に」と言って眉を下げながら、たまに笑いを隠しきれない顔をしている母を見て、ぞっとしたという。

『伊万里も同じく、自分の母親を嫌悪していました。無理もありません。だって小さい頃から、すぐに熱を出してしまう伊万里を忌々しそうに睨《にら》んで、強引に寝床から引き剝がし、将来のための勉強をしろと追い立てる母なんて、どうやっても好きにはなれないでしょう？　伊万里が結核を患っているとはっきりしてからは、父と同様に彼を完全に見放して、口もきかなくなりました。自分の子が使用人同然の扱いをされていても、怒ることも庇うこともしませんでした』

沙耶子と伊万里は、互いが相手を最も理解し得る存在だったのだ。二人が特別な関係になるのは、ごく自然な成り行きであったのかもしれない。

『私は伊万里を愛しました。伊万里も私を愛してくれました。そこに、愛情と同じくらい、憎しみがあったことにも気がついていました。だけどそれでもよかったのです。誰もが自分のことしか考えていない乃木家の中で、伊万里だけは、私を見て、私のことだけで頭も心もいっぱいにして、深く愛し、深く憎んでくれたのですから』

愛されると同時に憎まれる——他の人には苦しいだけのその状態が、沙耶子にとっては「身が震えるほどの喜びだった」とある。そこまでの感情を自分に向けてくれる人は、他には誰もいなかったから、と。

『伊万里と一緒にいる時だけが、寂しくなかったのです』

迷いのない文字で、そう記してあった。

「沙耶子さんは、異母兄と心中したそうだ」

本郷の言葉に、奈緒は弾かれたように顔を上げた。

心中？　伊万里と？

「……当真は、間に合わなかった……？」

茫然と漏れた小さな呟きに、本郷は首を横に振った。

「いいや、当真はきっちり妖魔を封じたよ。君からの知らせを受けて、すぐさまこの件に乗り出したからね」

「だったら、どうして」

どうして、こんなことになってしまったのか。

奈緒が心配していたのは、妖魔憑きとなった伊万里が沙耶子を害する、あるいは男爵家そのものを崩壊させるような災いを起こす、というものだった。彼が妹と心中するなど、可能性の一つにも入っていなかった。

二人がどうして死を選んだのか、その理由について手紙には一言も書かれていない。当真に妖魔を封じられた後、伊万里と沙耶子の間で何があったのか、手がかりさえ残されていなかった。

──もしかして自分は、大きな過ちを犯してしまったのでは？

蒼白になって手紙を握りしめる奈緒に、本郷は再び首を振った。

「奈緒くんは正しいことをしたとも。何も間違ってはいない。妖魔が封じられなければ、もっと破滅的な状況になっていたはずだ。……しかしね、それでもどうしても、救われないものもあるのだよ」

静かな声で、言い聞かせるように言葉を紡ぐ。

「妖魔に取り憑かれた人間を、本当の意味で『助ける』のは非常に難しい。どんな悪事を企んでいたとて、考えるだけで実行に移しさえしなければそれは罪とはならないが、妖魔に憑かれると、人はあっさりと自らの肉体を動かして行動に移してしまうからね。その後妖魔が封じられたとしても、実際にしてしまったことが消えるわけではない。罪は罪として、そこにある。妖魔から解放されて、自分が手を汚したことを自覚した時、その人物は何を思うだろうか。愕然とするかもしれない。開き直るかもしれない。現実を直視できないかもしれない。中には、自暴自棄になって周囲を巻き込み、さらに大きな悲劇に発展することもあるだろう。……忘れてはいけないよ、奈緒くん。理性と抑制の蓋を開け、心の中のものを解き放ったのは妖魔かもしれないが、その心はまごうことなく、本人のものなのだ」

沙耶子のことを妬み、恨み、憎んでいたであろう伊万里。それでも妖魔に憑かれる前の彼は、その気持ちを精一杯抑えようとしていたのかもしれない。

妖魔が封じられて、己が犯した罪を目の当たりにした時、どう思ったのだろう。

来た道を引き返すことはできないが、その先に行く道も存在しない。

愕然とした？　開き直った？　現実を直視できなかった？

……妖魔が封じられさえすればすべて解決するだろうと考えていた奈緒は、なんと愚かで、浅はかだったのか。

妖魔はいなくなっても、本人と周囲の人々の苦悩はそれからも続いていくのに。

「もう一度言うが、奈緒くんの行動は正しかった。自分を責めてはいけない。それでもこういう結果になってしまったのは、残念だと言うより他にない。人が人を救うのは、そう簡単にできることではないということだよ。そこには時に、大きな責任が伴う場合もある。暁月家の当主は代々、その重さを背負って妖魔を封じてきた。当真の父親も、当真もだ。……奈緒くん、果たして君には、それを担う覚悟はあるだろうか」

その問いかけに、奈緒は本郷を見返した。彼のほうも、まっすぐこちらへ冷静な視線を向けている。

「……当真が暁月家への道を閉ざしたのは、奈緒くんには自分の伴侶となる資質が欠けていると判断したから、という理由もあるとは思わないかね？」

奈緒の口が小さく動いたが、そこから声が出てくることはなかった。

頭がまったく働かない。

「すまないが、君にしてあげられることは何もない。私は暁月家と上のほうとの仲立ちはするが、当真と奈緒くんの間のことには干渉しない。どうしても当真に会いたいのなら、君は君の力だけでなんとかすることだ」

自分はこの件に関わらないし立ち入らない、と明言すると、本郷は「では、私はこれで」と踵を返した。

奈緒はただ彼の背中を黙って見送るしかない。

二、三歩進んだところで、その背中が止まった。

「そうそう、そういえば」

と、思い出したように言う。ちらっと振り返った本郷の目は、少し笑いを含んでいるように見えた。

「奈緒くん、君、手紙に肝心の乃木邸の場所を書き忘れただろう？　いきなり当真が私のところに来たと思ったら、大変な剣幕《けんまく》で『乃木男爵ってやつの家はどこだ』と聞いて、すぐにまた飛び出していってしまったよ。あんなに感情的になったあいつを、久しぶりに見た。あれもまだまだ若いね」

肩を竦めてそれだけ言うと、今度こそ本当に立ち去ってしまう。

奈緒には、沙耶子からの手紙だけが残された。

茶室の濡縁に並んで座り、お喋りをして笑い合った時の沙耶子の顔を思い出す。うまくいくといいわね、と微笑んでくれた彼女は、もうこの世にはいないのだ。そう考えるだけで、身体の中を冷たい風が吹き通るような感じがした。

……二度と会えない。

謝罪で始まった手紙の最後は、感謝の言葉で結ばれていた。

『伝言を聞きました。今まで何もせず、何もできなかったこんな私でも、誰かの役に立てたことを知って、とても嬉しかった。人にありがとうと言われるのって、こんなにも幸せな気持ちになるものだと、はじめて知ったわ。奈緒さんと過ごした楽しい時間を大事に胸にしまって、伊万里と一緒に冥土に参ろうと思います。私のことをお友だちだと言ってくれて、本当にありがとう』

さようなら、という言葉はどこにも書かれていない。それは沙耶子なりの思いやりなのではないか、という気がした。

——伊万里と一緒にいる時だけが、寂しくなかった。

彼らは二人で一つだった。光と影は、ともに手を携えて消えてしまった。

奈緒は大きく息を吸った。それを静かに吐き出すと同時に、ぽろっと涙がこぼれ出た。
熱い雫が手紙にぽたぽたと落ちて、文字が滲む。
友を失い、無力感に打ちのめされ、誰も傍にいない今の奈緒は、一人ぼっちだ。
自分もただただ、寂しい。
寂しい、悲しい――
『奈緒さんは諦めてはだめよ』
手紙のいちばん端に書かれたその一文が、沙耶子の優しい声となって耳元に聞こえる。
奈緒はその場にうずくまり、声を上げて咽《むせ》び泣いた。

第三話　影を畏《おそ》れ迹《あと》を悪《にく》む

様々な店が立ち並ぶ大通りの中に、団子屋《だんご》が一軒ある。

いわゆる一間店《いっけんだな》と呼ばれる間口の狭い店で、庇《ひさし》に短い暖簾《のれん》を下げ、格子窓の向こうでは店主がせっせと団子を焼いている。一串に四つ刺してある丸い団子は焼きと餡《あん》の二種類あって、焦げた醤油《しょうゆ》のいい匂いが客を引き寄せる役目を果たしていた。

持ち帰ると言えばおかみが包んで渡してくれるし、ここで焼き立てを食べたい場合は店舗の前に置かれた縁台に座っていれば、お茶と一緒に運んでくれる。しかし大通りは人が多くて人力車もよく走っており、土埃が舞って落ち着かないという理由で、団子は買って家でゆっくり食べるという客がほとんどだ。

——その縁台に、奈緒は一人でつくねんと座っていた。

傍らには餡団子を載せた皿があるが、団子は一つ減っただけでそれきり手がつけられていない。熱々だったお茶もすっかり冷めてしまった。このままじゃせっかくの柔らかい団子がカチカチになっちまう、と後ろで店主が気が気でない顔をしているのも、奈緒の意識にはのぼらなかった。

視線は大通りではなく、自分の足元に向かっている。地面に落ちる影の中では、肩の上の黒豆が、舞っている枯れ葉を捕まえようと頑張って前脚を伸ばしていた。

妖魔は形がないからどんな姿にもなれると聞いたが、黒豆は断固として仔猫のままである。よほど気に入っているのか、名づけ親である奈緒が可愛い可愛いと褒めるからなのかは、よく判らない。

気まぐれに移動する枯れ葉を追いかけて、黒豆は奈緒の右肩から左肩、それから頭の上へと跳ね回っている。もちろん実際に頭に乗っているわけではないので重みはない。

いつも肩の上に赤月を乗せていた当真のことを考えた。

赤月は影ではなく実体があるから、それなりに重量がある。頑丈な爪が皮膚に食い込んで、たまに痛みを感じることだってあるだろう。

暁月家の前当主であった父親が亡くなった十歳の時から、当真はその重さも痛みも、たった一人で受け止めてきたのだ。

黒豆が暴れようが爪を立てようが、何も感じることのない奈緒とは違う。

「覚悟……」

呟くような声が、唇から漏れた。

責任と重さを担う覚悟はあるか、と奈緒に問うたのは本郷だが、当真にも過去、同じようなことを言われたことがある。

——妖魔のことを知ってどうする？　助けるなんて傲慢《ごうまん》だとは思わないのか？　なん

の覚悟もないくせに。

あの時はただ腹を立てただけのその言葉が、今はどっしりと全身にのしかかってくるようだった。

奈緒は本当に、何も判ってはいなかったのだ。

いや、現在だって判っていないのかもしれない。この世に生を受けた時から次代の当主と定められ、幼い頃から人と妖魔が起こすいざこざを間近で見てきた当真と同じ境地に至ろうというのが、そもそも無理なことなのだろう。

ここにきて、奈緒はふいに自分が向かう方向を見失ってしまった気がした。今までずっと前へと進んできた足が止まり、迷子になったような覚束なさがある。

必死になって当真に会おうとし、その手段を模索していたが、もしも実際に会えたとして、その時に何を言えばいいのだろう？

いきなり自分を拒絶した理由を聞きたいと思っていた。でも、逆に当真のほうから「俺に会いに来た理由はなんだ？」と正面きって訊ねられたら、奈緒はきちんと答えられるのだろうか。

……判らない。

「よう、下を向いてどうした？　団子の食いすぎで気分でも悪くなったかい？」

呑気な問いを投げかけられて、奈緒はようやく意識を引っ張り上げた。

顔を上げると、いつもの着流し姿の須弥哉が目の前に立っている。またあなたなの、と文句を言う気力も失せて、奈緒は小さく息をついた。

「元気がないねえ」

憎まれ口を叩かれないと、それはそれで物足りないらしい。須弥哉はさっさと隣に腰掛けると、こちらを覗き込んで「顔色がよくないな」と眉をひそめた。

「本当に気分が悪いのか？」

「大丈夫。少し寝不足なだけ」

沙耶子が亡くなってから、夜あまり眠れていないのだ。食も細くなったので、ばあやが心配していた。

「兄さん、注文は？」

縁台に座ったからには客になってもらうとばかり、店から出てきたおかみが聞いてくる。「あー、そうだなあ」と須弥哉は首を傾げ、奈緒の皿の上を一瞥した。

「醬油味の団子だけでもいいのかい？」

「ええ、いいですよ」

「助かった、餡と一緒じゃなきゃ駄目だと言われたらどうしようかと思ったよ。じゃあ一皿もらえるかな」

「はいはい、焼き団子一皿ね」

おかみは笑顔で返事をすると、店の中に入っていった。団子を焼いている店主は無口だが、妻のほうは闊達で愛想がある。

奈緒はまじまじと須弥哉を見た。

「なんだい？」

「……餡団子は嫌いなの？」

「は？　うん、俺は甘いものが大の苦手なんだよ。それが？」

真顔で変なことを訊く奈緒を訝るように、目を瞬いている。

「いえ別に……それより、おかみさんは、あなたの姿が見えるのね。どうして？」

その疑問には、ちょっと呆れた顔になった。

「あのねえ、他人に認識されにくくなるのは、俺が気配を消した時だと言ったろ？　いつもいつも、そんな疲れることとしていられるかよ。気配を消すってのはつまり、水の中で息を止めてじっとしているのと同じようなことなんだぜ、判る？」

「ちっとも」

正直に返したところで、香ばしい匂いのする焼き団子一皿がお茶とともに運ばれてきた。須弥哉が早速かぶりつき、「旨い」と満足げな声を出す。その様子を見た奈緒も、自分の餡団子の皿を引き寄せた。

串を持ち上げたものの、なかなか口に運ばない奈緒を横目で見ながら、須弥哉がさりげない口調で言った。

「……華族のお嬢さんの件、新聞で見たよ」

指が離れ、団子が皿にポトリと落ちた。

男爵家の異母兄妹が心中したという話は、新聞紙面を賑わせた。乃木男爵は躍起《やっき》になってもみ消そうとしただろうが、多少掲載を先延ばしにするくらいが限界だったらしい。

奈緒はどうしてもその記事を読むことができなかったので、詳細は知らない。二人がどのように亡くなったか判ったところで、真実は何一つとして判りはしないのだ。

「残念だったな」

その言葉にも、唇を結んで返事をしなかった。

本郷も須弥哉も「残念だった」と言う。新聞を読んで無責任な噂をしていた人たちも、すぐにそんな事件のことなんて忘れてしまうだろう。

しかし自分だけは、その一言で済ませることも、忘れてしまうことも、してはいけないと思った。

「今日は、あやしの森へ行かないのか?」

須弥哉に訊ねられたが、奈緒は「行かないわ」と素っ気なく答えた。

今のこの精神状態で行けるわけがない。沙耶子の死以降、女学校に行く以外は家に閉じこもりがちだったのだが、あまりにもばあやがオロオロするから、今日は仕方なく外で時間を潰していただけなのだ。

「ふーん、当主のことはとうとう諦めた?」

諦めてはだめよ、という手紙の文字がふっと脳裏を掠める。いつもなら聞き流せる須弥哉の軽い口調がひどく気に障り、つい強い声が出た。

「あなたに関係ないでしょう」

「関係ない……そうかな？」

彼は驚くでも怒るでもなく、口元に手をやった。

その手で顔を覆い、下を向く。額が完全に見えなくなるまで深く伏せて、ぴたっと動きを止めた。

そのままじっとしているので、奈緒はうろたえた。これではまるで、自分が泣かせてしまったみたいではないか。団子を焼いている店主の視線を背後に感じながら、上体を屈めて「どうしたのよ」と声をかけようとした。

が、その言葉を発する前に、須弥哉は顔を上げた。目が合った途端、奈緒の口が「ど」の形で止まった。

刹那、呼吸が止まる。

——当真。

そんなはずはない、これは須弥哉だ。しかしそんな理性の声すら吹き飛ばすくらいの勢いで、頭が驚愕と混乱に占められた。そこにいるのが別人だと理解している一方で、それと同じくらいの確信をもって、これは当真だと認識する自分がいるのだ。

確かに須弥哉の顔立ちは当真に似ているところがあった。しかし、ちゃんと見ればすぐに違うと判る程度だ。双子のようにそっくり、というわけではない。

なのに……今は。

目の前にいるのが当真その人にしか見えない。頭で考えるよりも先に、心がそう判断してしまう。どうしてなのか、自分でもわけが判らなかった。

「奈緒」

声が違う。

それなのに、当真の口から出ているのだからこれは彼の声だと、強引に納得させられる。頭の中がめちゃめちゃに引っ掻き回されているような感じがして、まとまった思考ができなかった。

「と……」

奈緒は彼に向かって震える手を伸ばした。完全に無意識の行動だった。どうしても指で触れて確認したいという欲求に抗えない。

「奈緒は、あ、い、や、か、し、い、の森の秘密を知っているんだろ？」

その言葉にハッとした瞬間、我に返った。

水をかけられたように意識が鮮明になる。頬に触れる直前で、ぱっと手を引っ込めた。

その手をもう片方の手で隠すように包んで、奈緒は信じられない思いで隣に座っている人を見た。

そこにいるのは、確かに須弥哉だった。薄く笑みを浮かべてこちらを見返している彼は、当真になんとなく似ているだけの別人だ。

こんな近くにいて間違えるわけがないのに――

まるで、少し前に流行った「催眠術」というものをかけられた気分だった。もしくは、狸《たぬき》に化かされたか。狼狽《ろうばい》のあまり、血の気が失せて、心臓が早鐘を打っている。

「今の……なに？」

自分の口から出た声は震えていた。

からかわれたという次元の話ではない。催眠術ではないにしろ、須弥哉は明らかになんらかの術を行使し、奈緒に当真の幻を見せたのだ。

「これも、勝家の能力の一つなのさ」

須弥哉はあっさりとそう言った。

「能力……」

「自分の存在を消せる。そして、他人に自分を暁月家当主だと思い込ませる。――つまり勝家ってのは、はるか昔から、『当主の影武者《かげむしゃ》』の役割を担ってきた家なんだよ」

「か、影武者？」

奈緒は唖然《あぜん》として問い返した。まさかこの時代にそんな言葉を聞くことになるとは、思いもしなかった。

「勝家は七つある分家の中でもとりわけ特殊でね、能力的にも距離的にも当主に最も近い、と言われていたんだ。家が分かれた時から常に当主の側に控え、いざとなったら己が身代わりになってでも守ることを使命としてきた。だから勝の家に生まれた者は、自分の姿かたちをできる限り当主に寄せるように、涙ぐましいまでの努力を重ねてきたんだとさ」

見た目だけでなく、当主の仕草の一つ一つ、声や喋り方に至るまで、そっくり同じになるように。

当主が傷を負ったなら、勝家の者はすぐさま同じ場所に同じ傷を作ったという。

「先祖の中には、自分の跡を継ぐ子どもをつくるために、当主の妻を強引に寝取って孕《はら》ませたなんて剛《ごう》の者までいるんだぜ。同じ腹から生まれたほうが、次代の当主と容姿がより似ると考えたんだろう。それほどまでに課せられた使命に忠実であろうとし、影に徹してきた家なんだ。とはいえ、そこまでいくと、すさまじい執念だよな」

須弥哉は他人事のように言ったが、奈緒は背筋が冷えた。

いくら使命だからといって、それはあまりにも人倫に悖《もと》るし、妻だけでなく当主の心さえ踏みにじる行いだ。執念というより、狂気じみている気がした。

「だから分家にそれぞれ正式な名がつけられる時、『勝』が与えられた。勝烏《かちがらす》はカササギ、つまり『カラスとは似て非なるもの』って意味なんだ」

カラスのようだがカラスではない。暁月家当主とは似て非なる者。

「その努力と執念の結果なのか、勝家の人間はいつしか気配を消すことが抜群に上手くなり、完璧に近いほど当主になりきる能力を身につけたらしい。要するに、影武者に特化した能力ってこと。……まあ、その能力を持つ者は時代とともに減っていって、俺の親父に至ってはサッパリだったようだけどね」

勝家は祖父の代まで当主に仕えていた、と以前言われたことを思い出す。須弥哉の父が能力を持っていなかったため、やむなく主家から離れたということか。

そして妖魔退治は、取り残された暁月家だけが担うことになった。

「でも須弥哉は、その能力を持って生まれた……」

「皮肉なことに。だがこういうのは、一代でも離れてしまうと、もう駄目だ。俺が持つ知識は親父からの又聞きなんだけど、その親父も暁月家とは直接関わっていないから、『じいさんから聞いた話』の記憶がところどころ曖昧なんだよ」

不満げに唇を尖らせる彼を見て、奈緒は頷いた。

「それで暁月家のことを調べてみようと思い立ったのね」

「自分のことが自分でも正確に判らないってのは、気持ちが悪いもんだからね。それに、当主になりきれるのに実際には会ったことがないって、おかしいと思わないか？」

「心の底から思うわよ。一体どういうカラクリなの？　さっきの須弥哉は当真そのものだったわ。本人とは会ったことがないんだから、顔も知らないはずよね？」

つい詰問するような口調になったら、須弥哉はバツが悪そうに頭を搔いた。

「そんな怖い顔しないでくれよ。ちょっと試してみたんだけど、あれほど衝撃を受けるとは思わなかったんだ。カラクリと言われても、そういう能力なんだとしか答えようがない。本当に俺の顔かたちが変わるわけじゃなくて、たぶんだけど、勝の能力ってのは、人になんらかの錯覚を起こさせるものなんじゃないかなあ」

「錯覚？」

「目では見えているはずなのに『そこにはいない』と思わせるように、視覚と認識に齟《そ》齬《ご》を生じさせる、というか――俺は現在の当主を知らないが、俺の上に『当主の顔』が重なるよう術をかけた。奈緒の頭がこれは当主だと認識したから、その目に『今の当主の顔』が見えたんだよ」

「…………」

　説明を聞いても、まったく判らなかった。

　だが暁月一族に関することは、奇妙で不可解で、現実にはあり得ないようなことばかりなのだから、いくら考えても解答が見つかることはないのだろう。

　奈緒はため息をついて、それ以上追及するのを諦めた。

「本当に変わった能力だということだけは判ったわ」

「言っておくけど、俺の能力はそれだけじゃないよ。他にこんなこともできる」

　そう言いながら、須弥哉は背中の竹刀袋から木刀をするっと抜いた。

　何をするつもりなのかときょとんとした奈緒に向かって少し口の端を上げ、木刀を縦にして持ち上げる。

　そして先端で、ドンと地面を突いた。

下に目をやって、奈緒は驚いた。枯れ葉を追うのも飽きて、肩の上で丸くなっていた黒豆が、木刀に押さえつけられてじたばたと暴れているではないか。

「ちょっと、何してるのよ！　やめて！」

「何って、見てのとおり、こいつは妖魔だぜ」

慌てて止める奈緒に、須弥哉は平然とした顔をしている。「知ってるわよ！」と噛みつくように返して木刀を摑み、黒豆から離そうとしたが、びくとも動かなかった。四肢をもがくように動かす仔猫の影を、須弥哉は目を眇《すが》めて眺めている。ぎゃう、という弱々しい鳴き声が耳元で聞こえて、奈緒は焦った。

「やめて！　黒豆はわたしに取り憑いているわけじゃなくて、影の中でただ大人しくしているだけの、害のない小さな妖魔なのよ。何も悪いことなんてしないし、できないわ。早く離してったら！」

「黒豆……？　妖魔に名前なんてつけてるのか、酔狂だね」

須弥哉は呆れたように言ってから、冷ややかな視線を足元に向けた。

「いくら小さくても妖魔であることに変わりはない。妖魔は人の心の闇に取り憑くんだろう？　だったらとことん痛めつけて、人間のほうが上の存在だということを思い知らせてやる必要がある」

奈緒は困惑した。須弥哉のその考え方は、何かおかしい気がしたからだ。

妖魔とは、「人よりも上か下か」で定義するようなものなのか……？

「当真は、何もしていない小さな妖魔まで封じようとはしなかった。何かの役に立つかもしれないって、黒豆をわたしの影に入れたのよ。こんなやり方、当真は――」

「俺は俺だ」

奈緒の言葉は、低い声によって鋭く断ち切られた。その語調の強さにびくっとして口を閉じると、須弥哉も我に返ったように表情から険しさを消した。

悪い、と呟いて、すっと木刀を持ち上げる。

やっと解放された黒豆が、急いで奈緒の影の中に引っ込んだ。尻尾だけを出して唸り声を上げている。

その尻尾がぶわっと膨らみ、バタバタと激しく左右に振られているのを見て、「本当に猫になりきってるんだな」と須弥哉が感心したように言った。

「……ま、どちらにしろ俺には妖魔を封じる力はない。当主と違ってね」

自嘲気味に付け加えられ、奈緒も肩をすぼめて「ごめんなさい」と謝った。制止するために、いちいち当真と比べる言い方をする必要はなかった。

二人の間に、気まずい空気が漂う。

すぐに須弥哉が笑みを浮かべ、少々不自然なくらいに明るい声を出した。

「ところで、そう言う奈緒にはどんな能力があるんだい？」

「え、わたし？」

意外な問いを投げかけられて、目を見開く。

「何も……特に何もないわ」

少々恥じ入り、俯きがちに返事をした。同じ分家の末裔だというのに、一体この差はなんだろう。やはり祖父の代まで妖魔退治に携わっていた須弥哉のほうが、より血が濃いということなのだろうか。

自分にも彼のような特殊な能力があれば、沙耶子を救うことだってできたかもしれないのに。

「何もない……そうなのか？」

須弥哉は首を捻《ひね》った。

「赤月の言葉を聞き取ることはできるけど」

「それは最低限だろ。いや、というか、カラスの言葉が理解できるなら、他の能力が発現していたっておかしくないってことだよ。七つある分家は、それぞれ異なる性質の能力を継承していたと聞いたぜ。深山はどんな能力なのか、興味があったんだがな」

「深山家が継承してきた能力……」

奈緒はぽかんとして呟いた。それは初耳だ。父親もそこまで知らなかったのだろう。

「それについて他には何か聞いていない？　たとえば――」

その時、すごい勢いで何かが目の前を通り過ぎた。

「えっ？」

目を瞬いて改めて確認したら、その「何か」は人間だった。しかもお年寄りの女性だ。

どこからか駆けてきた彼女は、奈緒の前を素通りして、いきなり隣の須弥哉にむしゃぶりついた。

「うわ、なんだ⁉」

奈緒も驚いたが、須弥哉のほうがもっと驚いた。自分に抱きついてきた老女を、目を真ん丸にして見下ろしている。質素な着物を身につけた彼女は、余分な肉のないか細い二本の腕を須弥哉の胴に廻して、ぎっちりと拘束していた。

「ちょっとちょっと、なんだい？」

「ああ、ようやく、ようやく見つけました。ずっと探していたんです……！」

須弥哉が慌てて引き剝がそうとしても、いや、そうしようとすればするほど、老女はますます離れまいとしがみつく。顔を胸に押しつけているが、「見つけた」と繰り返す声は涙交じりだった。

「……須弥哉、あなたまさか、お年寄りに言い寄ってお金を巻き上げたり……」

「してないって、そんなこと！　人聞きの悪いこと言うなよ。それにそんなロクデナシを見るような目もしないでくれ、いくら俺でも傷つく。ばあさん頼むよ、周りの人たちもこっちを胡散臭そうに見てるじゃないか」

「そんなこと構やしません」

「俺は構うんだ。とにかく顔を上げてくれ」

なんとか宥《なだ》めすかして、須弥哉はようやく老女を離すことに成功した。

身なりは簡素だが、白髪はきちっと丁寧に結われている。小柄で痩せているのは栄養不足というより加齢のためだろう。皺に埋もれた目は細く垂れていて、孫から「おばあちゃん」と慕われそうな、優しげな顔をしていた。

しかし、「やっと会えた、よかった」と涙を拭うその顔をまじまじ見ても、須弥哉は怪訝そうに首を傾げただけだった。

「やっぱり見覚えねえなあ。俺のことを誰かと間違えてやしないかい？」

老女は頑なに首を横に振った。

「いいえ、あなたですとも。助けていただいたあの時から、ずうっと頭から離れなかった顔です。間違えたりなんぞいたしませんよ」

きっぱりと言いきられ、須弥哉がさらに戸惑って眉を寄せる。

「自慢じゃないが、俺は人助けなんてするようなガラじゃない。そりゃいつの話だい？」

「あれは息子がまだ一つの時ですから、かれこれ四十年以上前になりましょうか」

「俺、生まれてもいないんだけど」

人違いであることが確定し、須弥哉がいくぶんホッとした顔になる。老女のほうは自分の発言の矛盾にも気づいていない様子で、嬉しそうに微笑んだ。

「そういえば、今日は肩にカラスを乗せていないのですね」

その言葉に、飛び跳ねるように反応したのは奈緒のほうだ。

「あのっ、今、カラスって――」

考えてみたら、須弥哉が間違えられる相手として最も可能性が高いのは、当真に決まっていた。先刻の自分を思えば、老女がここまで迷いなく断言するのも頷ける。四十年以上前、というのがよく判らないが。

少々混乱しながら須弥哉との間に割って入り、老女に向かって問いかける。

「その人とどこで会ったんですか？」

「どこ――どこって？　どこだったかしら」

「助けてもらったって、おっしゃいましたけど」

「ええ、そうなんです、助けられたんですよ。月の綺麗な夜でしたねえ。あの時、私はそう……必死に走っていて……どうして走っていたんだったかしら……確か、追われていて……何に？」

口調が急に曖昧になった。記憶を辿ろうと斜め上に向けられた目が、ふっと焦点を失う。動かしていた口が中途半端なところでピタリと止まり、半開きのまま固まってしまった。

「もし？　どうかなさいましたか？」

老女が唐突にボンヤリした顔で黙り込んだので不安になり、奈緒はそっとその細い肩に手を置いたが、相手からの返事はない。起きながら夢を見ているような、とろんとした目がふらふらと落ち着かなく揺れていた。

「ばあさん？」

須弥哉の呼びかけと同時に、彼女の全身から力が抜けた。くたくたとその場にしゃがみ込んでしまい、奈緒も慌てて地面に膝をつく。

「どうし——」

「……あらあ、まあ、いやだ、どうしましょう」

やけに間延びした声を出して、老女は子どものような表情で奈緒のほうを向いた。

「ここ、どこかしら？　困ったわねえ、おうちに帰らないといけないのに、なーんにも思い出せないわ」

奈緒と須弥哉は互いの顔を見合わせた。

家の場所を訊ねても「判らない」と言い、名前を訊ねても「なんだったかしら」と首を傾げる老女に対して、奈緒は辛抱強く質問を重ねた。

早々にお手上げという顔つきになった須弥哉は「巡査に任せようぜ」と何度も言ったが、それは最後の手段である。老女をさっさと引き渡しておしまい、というわけにはいかない。

なにしろ、今の彼女の言動は、本当に頼りないのだ。

「何か他にお持ちではありませんか？」

という問いにも、さあ……とあやふやな答えしかない。

老女は手に小さな巾着袋を持っていて、そこには少しばかり小銭が入っていたが、住むところが判るようなものは何もなかった。

着ているのも取り立てて特徴のない小袖だし……と思いながら上から下までをじっと眺めていた奈緒は、そこで「あら」と声を出した。

半襟の下に、細い紐がちらりと覗いている。

「あの、失礼ですが、首からぶら下げているものを見せていただいても？」

老女は不思議そうにこちらを見返してから、襟元に手をやり、自分もはじめて気がついたように「まあ、これなあに」と紐を手繰《たぐ》って引っ張り出した。

紐の先には、手の平に納まるくらいの縮緬細工《ちりめんざいく》がついていた。綿を入れた小さな端切れを絹や木綿の布地の上に貼り重ね、押絵にしたものである。手間がかかるが、ふっくらとした仕上がりが愛らしく温かみがある。

老女が下げていた縮緬細工は、カラスの形をしていた。

引っくり返すと、裏の平たい木綿地に住所と名前が書かれてある。

「迷子札だわ」

「迷子札？　こんな年寄りにかい？」

きっと今までにも同じようなことがあったのだろう。それで家族の誰かが、もしもの時のためにと、このカラスの縮緬細工を首にかけさせたのだ。

住所の横に記された名は、「青葉《あおば》トキ」となっている。

「トキさん、これでお家に帰れますよ」

老女は「まあ、本当に？」と顔を綻ばせてから、ふと心配そうに眉を下げた。

「こんなに遅くなって、お母ちゃんに叱られないかしら」

すっかり精神が子どもに戻ってしまっているらしい。今の家に彼女の母がいるかどうかは不明だが、奈緒はにっこりと笑いかけた。

「大丈夫ですよ、わたしも一緒に行って事情をお話ししますから。叱られたら二人で謝りましょう。疲れているなら人力車に乗りますか？」

「そんな贅沢したら、お父ちゃんにゲンコツを落とされちゃう。平気よ、あたし、歩くのは好きだもの」

書かれてある住所までは多少距離がある。心は子どもでも肉体はお年寄りなので、途中で疲弊してしまわないかと心配になったが、その時は人力車を頼めばいいかと考えて、奈緒は手を差し伸べた。

「だったら、ゆっくり行きましょうね」

「うん！」

老女が満面の笑みで頷いて、奈緒の手をきゅっと握った。皺が多く、骨ばって荒れた手は、彼女がこれまで地に足のついた生活をしてきたという証だろう。その経験も思い出も、今はすべて底のほうに沈んでいるのだと思うと、なんともやるせない。

「お、おい、奈緒」

二人で手を繋いで歩き出したら、後ろから追ってきた須弥哉が慌てたように袖を引っ張り、声をひそめた。

「もしかして、家まで連れていってやるつもりなのか？　カラス云々という話だって本当かどうか判らない。それにこの状態じゃ、何を聞いたってまともな答えは期待できないぞ」

「それとこれとは別よ。今のトキさんを一人で帰せるわけないじゃないの」

「だから巡査に……」

「あなたは一人で帰れるでしょう？　じゃあ、さよなら」

つんと顔を背けると、「判った、判ったよ、俺も行くよ」と須弥哉が苦々しい表情で降参した。

「あんた本当に、お節介だな」

その言葉に、一瞬、ふうっと意識が過去へと遡る。

操を母のもとへ帰す帰さないでやり合った時、当真も呆れた顔で同じことを言っていたっけ。

――まったくお節介だな。

「だって、放っておけないもの。文句を言うなら別に……」

「判ったって。やれやれ、女はもう少し素直なほうが可愛げがあるんだぜ。そんな調子で、嫁のもらい手がなくなっても知らないぞ」

からかうような須弥哉の言葉に、奈緒はちょっと笑ってしまった。

――おまえはたとえ男だったとしても、お節介で、じっとしていなくて、すぐ他人に入れ込む単純な性格に変わりはないだろうから、特に性別は関係ない。

顔が似ていようが、当主になりきることができようが、須弥哉はやっぱり当真とはまったく違う人なのだ。


途中で何度か休憩を挟んだので目的地に到着するまで一時間ばかりかかったが、トキはかなり健脚であるらしく、文句も泣き言も言わずしっかりと自分の足で歩いた。

その間もずっと、トキの心は子どものままだった。道端に花を見つけては喜び、おそらく数十年前にあったのであろう出来事を、つい昨日のことのように喋る。どうやら今の彼女は七、八歳くらいのようで、「千代田のお城が焼けた」「青山で大火があった」と語る内容と照らし合わせると、実際の年齢は六十三歳前後であろうと思われた。

「トキさんにとって、ここは東京ではなく江戸ということね」

「江戸は江戸でしょ？　トウキョウってなあに？」

幕末から明治までの記憶はすっぽり抜けているが、周囲の景観が様変わりしていることに驚きはないようだ。当時はなかった人力車のこともすんなり受け止めていたし、そのあたりが彼女の頭の中でどう整合性がとれているのかは定かでない。

「少し休みましょうか？」

「さっきも休んだばかりじゃない。あたしは大丈夫よ。おねえちゃんのほうが疲れているんじゃないの？」

「実はそうなの。くたくたなの」

相手は年配女性だと判っていても、邪気のない顔で笑ったりはしゃいだりする姿を見ていると、ついこちらの口調もくだけたものになってしまう。

「お嬢さまはこれだからなあ。そらトキさん、草笛だ。鳴らしてやろうか？」

「わあ！」

須弥哉に至っては、祖母と言ってもいい年齢のトキを完全に子ども扱いしている。

そんなわけで、彼女は終始ご機嫌なまま、自宅に帰り着いた。

「おふくろ、戻ってきたのか！」

彼女の住居は下町にあった。狭い路地に面して、六軒か七軒の棟割り長屋が並ぶ区画である。表通りには商店や洋風建築が軒を連ねているが、その裏では、昔ながらの長屋が未だひしめくようにして建っているのだ。

ガラリと勢いよく戸を開け、トキを見て目を丸くしたのは、髪を短く刈り上げた中年男性だった。垂れ下がった目がトキそっくりで、一目で身内だと判る。

奈緒が手早く事情を話すと、男性はすっかり恐縮したようにぺこぺこと何度も頭を下げた。

「わざわざお嬢さんのような方の手を煩わせて申し訳ない。女房が少し目を離した隙にいなくなっちまって」

こんな狭い家で申し訳ないが、と謝りながら、家の中に招き入れてくれる。玄関の障子戸から足を一歩踏み入れると、すぐそこは土間に面した台所だった。竈《かまど》と水樽《みずだる》と蓋のついた甕《かめ》を置いただけでもういっぱい、という小さな台所である。土間の隣に小部屋があり、その部屋と土間に接して四畳半があった。

奈緒は今までこういう場所とは縁がなかったので、少しおっかなびっくりといった調子で上がらせてもらった。小さな家の中は家具も最小限でがらんとしており、慎ましい生活ぶりが窺える。

トキが戻ってきたらすぐ気づけるようにか、外に面した障子戸は開けられていた。猫の額のような小さな庭には、洗濯物がかけられた物干しがある。

「ああ、たくさん歩いて、なんだか眠くなっちゃった」

自分の家に帰れてホッとしたのか、トキはふわあと欠伸をした。

お客さんがいるんだから、と慌てる男性に、奈緒は構わないと首を振り、「寝かせてあげてください」とお願いした。あの距離を往復したのだから、疲れて当然だ。

小部屋に布団を敷いて横になった途端、トキはすぐに寝入ってしまった。それを確認して奈緒たちは帰ろうとしたのだが、男性に「せめてお茶だけでも」と熱心に勧められて、四畳半の部屋に腰を下ろすことになった。

彼はトキの息子で、このすぐ近くに自分の妻と暮らしているのだと説明した。

父親……トキの夫は、最初からいなかったらしい。そのあたりの事情については、本人が固く口を閉ざしているので、さっぱり判らないという。

「おふくろは私を一人で産み、一人で育てたんだ。そりゃあ、苦労の連続だったと思うよ。小さな仕事を片っ端から引き受けて、寝る間も惜しんで働くおふくろの姿しか、私は覚えがないくらいで」

働いて働いて、なんとか幕末を乗りきり、目まぐるしく変化する時代の流れにやっとの思いでついていきながら、トキは息子を育て上げた。

彼が所帯を持つ際は、一緒に住もうと何度もちかけられても首を縦には振らず、この小さな家で一人で暮らすと言い張ったそうだ。

「せっせと内職作業をして、その合間にうちに来て私の仕事を手伝ったり、孫たちの面倒を見たり、家事を代わりにこなしたりしていたから、隠居生活とは程遠かったがね。女房は今でもそのことを感謝しているよ」

そうやって互いに行き来しながら上手くやっていたのだが、孫たちがそれぞれ独り立ちしたり嫁いでいったりしたところで、ようやく肩の力が抜けたのか、徐々にトキの様子がおかしくなっていったらしい。

「一言で言うと、惚けてきてねえ。怒りっぽくなったり暴れたりするわけじゃないんだが、ボンヤリしたり、意味の判らないことを話したりするんだ。それから……ふとした時に、気持ちが子どもに戻るというか」

最初のうちはほんの少しの間だった「子どもがえり」は、だんだんその時間が長引くようになった。困難続きの人生だったから、ここらでちょっと人に甘えたくなったんだろうと、息子夫婦はそんな彼女を叱ることも否定することもせず、本当に子どもに対するように優しく接した。

——しかし近頃になって、トキはまた別の行動をし始めたのだという。

「急にふらっとどこかへ出かけちまうんだ。それも、子どもに戻っている時じゃなく、多少まともな時に。ずっとそのままならちゃんと家に帰ってくるんだが、出先で『子ども』になると、途端に何もかもがあやふやになっちまう」

住んでいる場所どころか、自分の名前さえはっきりしなくなる。大人のトキと子どものトキがせめぎ合って、混乱してしまうのだろう。

「だから最近はなるべく気をつけるようにしていたんだがね……今日は女房がちょっと用事で外に出ていて、帰りにおふくろの家に寄ったら姿が見えなくて」

面目ない、というように男性は頭に手をやった。妻のほうは責任を感じて、今も必死にトキを捜しているらしい。

「トキさんは、どこへ行こうとしているんでしょう？」

奈緒が訊ねると、彼は首を捻った。

「それがさっぱり……どうも誰かを探しているようなんだが、どこの誰を、どんな理由で探しているのか、聞いても教えてくれないんだ。というより、本人もよく判っていないんじゃないかねえ。だけどそういう時はいつも思い詰めたような顔をしているから、あまり良いことじゃないかもしれないって、女房なんかは言っているよ」

男性は、須弥哉を見てもなんの反応もしなかった。トキの探している相手が当真であれ他の誰かであれ、息子のほうは面識がないということだろう。

「それで、あの迷子札を首からかけていたんですね」

「そうなんだよ。女房は手先が器用なもんでね」

ちょっと自慢げにへへへと笑う。夫婦仲も嫁姑の仲も良好なのは、トキの人柄によるものに違いない。

「可愛らしいカラスですものね」

「そう思うかい。他の人には、『どうしてカラスなんて』と言われることがほとんどなんだ。なぜかおふくろは昔からあの鳥が好きでねえ。外で見かけたら、なんだかんだ一生懸命話しかけていたよ。返事はもらえないようだったがね」

少し笑って男性は言ったが、奈緒は笑えなかった。

やはりトキは、暁月一族となんらかの関わりがあるのではないか。まさか彼女も分家の血を引いているなんてことは――

「あのう」

奈緒が無言で考え込んでいると、男性はもじもじと口を開いた。

「……関係ないお嬢さんにこんなことを頼むのは厚かましいと思うんだけども、その、もしよかったら、少しの間だけ、留守番をお願いしてもいいかい？　今もそこらを駆けずり回ってる女房にこのことを教えてやらんと……かといって、私がいない間におふくろが目を覚ますかもしれないと思うと、それも心配で」

奈緒はぱちりと瞬きをしてから、「ああ、そうですね」と微笑んだ。

「トキさんのことはわたしたちが見ていますから、どうぞ行っていらしてください」

申し訳ないと頭を下げながら、男性は家を出ていった。須弥哉は何か言いかけたが、どうせ「文句があるなら帰ればいい」と返されるだろうと予想がついたのか、ため息をついて口を閉じた。

隣接した小部屋の障子は少し開けられている。ちゃんと眠れているだろうかと隙間から覗いてみた奈緒は、困った顔で須弥哉を振り返った。

「どうした？」

「……トキさん、なんだか苦しそうなんだけど」

小さな声で言って障子を開ける。トキは布団を乱すことなく横になっているが、眉間に皺を寄せ、顔を歪めていた。

「気分が悪いのかしら。お医者さまを呼んだほうがいいと思う？」

音を立てないようにそっと寄っていき、額に滲んだ汗を自分のハンカチで拭いてやる。口が動いているので耳を近づけたら、唸るようにモゴモゴと喋っていたが、何を言っているのかは聞き取れなかった。

「いや、これ、苦しいっていうより、単にうなされてるだけなんじゃないかな」

トキを覗き込んだ須弥哉が、顎に手を当ててそう言った。

「うなされてる？」

「悪い夢でも見てるんだろう。顔色も悪くないし、どこか痛いようでもない。医者を呼ぶようなことじゃないと思うよ」

「悪い夢……」

どうしても探さずにはいられない心の中にしこったものが、彼女を夢の中でも追い詰めているということか――

その刹那、奈緒の脳裏に閃《ひらめ》くものがあった。

そうだ、自分はこれまでに二度、悪夢に襲われる人を見ている。一人は操、一人は当真だ。

そして奈緒はどちらとも、その夢を共有した。

「何してるんだい、奈緒」

トキの枕元にきちんと姿勢を正して座った奈緒に、須弥哉が目を丸くする。

彼に「しっ」と唇に手を当ててみせてから、自分を落ち着かせるために腹部を手の平で押さえた。

「しばらく静かにしていて」

「なんで」

「トキさんの夢に潜るのよ。トキさんが何を苦にしているのか判れば、その行動の理由だって判るはずだわ」

トキ本人に訊ねてもはっきりしない。しかし子どもに戻ったらなおさら判らない。このままだと、トキは自分一人の中に何かを秘めたままあちこちを彷徨い歩き、いつかもっと重大な事態になってしまうおそれがある。

その原因がカラスと暁月家にまつわるものだとしたら、彼女の力になることができるかもしれない。

「夢に潜る？」

須弥哉はわけが判らないという顔をしたが、奈緒は光明が差した気分だった。

そうなのだ、ようやく判った。

人の夢の中に入れる——それが、「深山家に継承された能力」だ。

苦しげな表情で何かを必死に訴えているようなトキに向かって、頭を下げた。

「……ごめんなさい、トキさん。無遠慮であることは承知していますが、お邪魔させていただきます」

一度大きく深呼吸をしてから、ゆっくりと目を閉じる。

ここ最近続いていた寝不足が幸いして、眠りは速やかに訪れた。

夜の闇に、真円に近い月が皓々《こうこう》とした輝きを放っている。

しんとした静寂の中、はあはあという荒い呼吸音が響いていた。まばらにある人家はぽわんとした明かりが灯っているものの、こんな時間に外に出る物好きはいない。誰もいない細い砂利道《じゃり》や周りの田んぼの稲を、月光が白く浮かび上がらせていた。

二本の腕でしっかりと抱え込んだ幼子は、すやすやと寝息を立てている。

――なぜ、こんなことに。

思い返すたび、憤りと悔しさで視界が滲む。子が泣かないのにその母が泣いてはだめだと、強く歯を食いしばった。

行くあてなどないが、長屋に戻るわけにはいかない。あの女に命じられた誰かが見張っているかもしれないからだ。まだ二十歳そこそこの力も金も縁者もない自分とは違い、大店《おおだな》の女将にはあらゆるものが揃っている。

「大丈夫、大丈夫よ」

眠る息子に顔を寄せて、自分にも言い聞かせるように呟いた。

「あんたのことは、お母ちゃんが絶対に守るからね。今さら取られてたまるもんか」

大体、子を孕《はら》んだと判った途端、追い出したのはあちらではないか。

しかも、無理やり手籠《てご》めにされた結果の妊娠だ。十三の齢から奉公していた店の旦那は、成長するにつれてこちらの全身を舐め廻すように見てくる、好色な男だった。何度も手を出されそうになるのをなんとか逃げたりかわしたりしていたけれど、十八になったある日、とうとう捕まってしまった。

しかし旦那に乱暴されたからといって、ただの女中に文句なんて言えやしない。涙を吞んで理不尽を受け入れるしかなかった。他の奉公人たちも、みんな薄々気づいていたはずなのに、見て見ぬふりを通していた。

そうして何度か同様のことがあり、悪阻《つわり》が始まったことで女将に事の次第が知れた。烈火のごとく怒った彼女に店を叩き出された時は、これであの男との縁も切れると少しせいせいしたくらいだった。

でも、お腹に子を宿した状態で奉公先から追い出されたのだから、親子ともども野垂《のた》れ死にしたっておかしくなかったし、実際その寸前までいった。幸いあの世に行く前に親切な人に助けられ、なんとか仕事や住むところを見つけることができたけれど。

それからは死に物狂いで頑張った。すり切れるまで働いて、ひもじくても我慢して、赤ん坊を産み落とした。

そしてようやく一歳を迎えた息子に安堵して、嬉し涙をこぼしたのが、つい先月のことだ。

自分一人だけだったら、とっくに諦めて川に身を投げていた。可愛いこの子を絶対に死なすまいと思ったからこそ、石にかじりついてでもやってきたのである。

それを今さら、こちらに寄越せだって？　冗談じゃない！

自分が店から追い出された後、あの旦那は卒中でポックリ逝《い》ったらしい。きっと天罰だろう。しかし死んだ旦那と女将の間には子どもがいなかった。いや、二人生まれていたのだが、どちらもそれぞれ病死していた。

このままでは店の跡継ぎがいない。どこかから養子をもらうしかないが、女将は旦那の親戚筋とはことごとく仲が悪かった。

それで彼女は思い出したのだ。旦那の血を引く子が他にいることを。

突然長屋にまで押しかけてきて、そういう次第だから子どもを渡せと迫る女将を突き飛ばし、必死にここまで逃げてきたのである。

「渡したりしない……この子はあたしだけの子だ」

子どもを抱きしめる手にぎゅっと力を込めた。誰の血を引くかなんて関係ない。息子は自分の命よりも大事な宝物なのだから。

このまま朝まで身を隠していよう。今夜一晩を逃げおおせたら、明日にでもあの長屋を出て別のところに行けばいい。差配人は情に篤い人だから、事情を話せばきっと力になってくれる。

どこかに寺か空き家でもないだろうか……ときょろきょろ顔を巡らせたら、自分の後方に人影があることに気づいて、喉を引き攣《つ》らせた。

――見つかった。

「トキ」

女将は砂利道の先に一人で立っていた。まるでその場ににゅうっと生えたような、唐突な出現の仕方だった。

薄い唇はにんまりと笑っている。口は見えるのに、なぜかその上にあるはずの目は見えない。顔の半分が影に覆われているようで、冷や水を浴びたようにゾッとした。

「トキ、さっさと子どもをお渡し。なあに、これからは私が母親になって可愛がってやるから安心おしよ。その子だって、おまえのような貧乏人に育てられるより、お店の中で何不自由なく育ったほうが幸せに決まっているさ」

「い……いやです」

震えながらだが、はっきりと首を横に振って断ると、女将のまとう空気が剣呑《けんのん》なものに一変した。

「グズグズ言うんじゃないよ！　もともとおまえがあの人を誑かしたんだろう⁉　最初から店の身代を狙っていたんじゃないのかい。そうか、さては、私の子どもたちもおまえが手にかけたんだな、この人殺しが！」

女将の二人の子が亡くなったのは、自分があの店に奉公に入る前の話である。筋の通らないことで怒鳴られて、困惑よりも恐怖を覚えた。明らかに今の彼女は尋常な精神状態ではない。もとから気の強い人ではあったが、以前はここまでではなかった。

なんだろう。女将の姿に、妙な違和感を覚える。乱れた髪と汚れた着物以外に、どこかがおかしいような……

そう、影が。

影が異様に膨らみ、波打っている。

月の光に照らされて地面にできた影は、女将の身体の二倍くらいの大きさがあった。

それが気味悪くうねっている。右に左に、ゆうらゆうらと身をくねらせて。楽しくて楽しくてたまらない、というように。

「ひ……」

顔からざっと血の気が引いた。

逃げなければ、としゃにむに女将とは逆方向に走り出したが、すぐに追いつかれてしまった。後ろから伸びてきた手が、がしっと髪を掴んで引っ張る。首ごと持っていかれるような、おそろしいまでの力の強さだった。

「……私の子は二人も死んだのに、なんでおまえの子は生きている？　おまえも私を嘲笑《あざわら》っていたんだろう、役に立たない女将だと。なんのためにあの店に居座っているのだと。舅《しゅうと》に苛められ、姑《しゅうとめ》に責められ、夫に見向きもされず、おまえのような小娘にまで馬鹿にされる、私の惨めさが判るかい？」

後ろからぎょろりと覗き込んできた目は、人間のものとは思えないくらいに大きくて真っ黒だった。

思わず怯んだその隙に、素早く腕の中から子どもをひったくられた。

「やめて！」

追い縋ろうとした手を悠々と避けて、女将が甲高い笑い声を立てる。片手で無造作に子どもを抱え、こちらを向いた。

「とっとと手放したらよかったんだ。おまえはもう用無しだよ。ここで私に殺されるか、見えないところで勝手にくたばるか、どちらかを選びな」

「あたしの子よ！　返して！」

「今の私に、おまえごときが敵うとでも思うかい」

子を取り返そうと縋りついたら、嘲笑う女将に脛《すね》を激しく蹴りつけられた。あまりの痛みに両膝をつく。それでも必死に顔を上げて手を伸ばすと、今度は首を摑まれた。

「ぐ……」

片手なのに凄まじい力でぎりぎりと締め上げられて、息ができない。爪が喉の皮膚に食い込み、痛みと苦しさで視界が歪む。

次の瞬間、その手がふっと離れた。

「ぎゃっ！」

悲鳴を上げ、女将がもんどりうって地面に転がった。咳き込みながら慌ててそちらを見ると、彼女の手に子どもの姿はない。まさか放り出されたのかと青くなったが、倒れた女将の近くに誰かが立っていることに気づいた。

その腕にはしっかりと息子が抱えられている。

——二十代くらいの青年だ。

着物の上衣に手甲、脛から下に脚絆《きやはん》を縫い付けた裁付袴《たつつけ》を身につけているが、すべて漆黒の装束だった。武士のような月代《さかやき》ではなく長髪を後ろで括っているのに、腰に黒鞘の刀を携えている。

彼の肩の上には、これまた黒い鳥が乗っていた。首元に赤い三日月形の模様があるカラスだ。

「そら」

息子を差し出され、ぶるぶると震えの止まらない手で受け取った。ぱっちりと目を開けているが、未だ泣くことのない子を見て、青年が「親孝行な子どもだな」と感心するように目を細める。

「さてと、ちょっと離れていてくれよ」

一言そう言うと、彼はくるっとこちらに背中を向けた。腰から眩《まばゆ》い光を放つ白刃をすらりと抜き、女将と相対する。

「子どもも亭主も失って、そりゃ気の毒だとは思うけど、人の子を無理やり奪うような真似をしたらいけねえよ」

どこか憐《あわ》れみの滲んだ声音だったが、女将は髪を振り乱して「おまえに何が判るんだ！」と叫んだ。

「うるさい舅姑も、女好きの亭主ももういないんだから、これからは好きに生きればいいじゃねえか。自分で自分を狭い檻《おり》に閉じ込めてばかりいるから、妖魔に目をつけられたりするんだぜ」

その言葉が終わると同時に、青年が両手で刀を振りかぶる。ひゅっと音が鳴ったと思うと、目にも止まらないような速さで刀身が斜めに空を切った。

女将が斬られた、と思って咄嗟に目を瞑《つむ》ったが、そろりと瞼《まぶた》を押し上げてみると、彼女の身体に傷はないし、血も出ていない。しかし、地面からゆらりと黒い靄《もや》のようなものが立ち昇った。地面の影が立体的になって浮き上がった、ようにも見えた。

青年はもう一度刀を構え、今度は横薙《な》ぎに一閃した。呻くような低くこもった声がどこからともなく響き、影がスパッと真っ二つに分断される。最後に一瞬、空中でもぞりと蠢《うごめ》いたと思うと、すうっと薄れて消えていった。

青年がちらっと刀を見てから、鞘に収める。かちん、という音とともに、女将の身体がぐらりと傾いで、横向きに倒れた。

「赤月、ちょっとそこ空けてくれ」

カラスがギャアと一声鳴き、バサッと羽ばたいて肩から離れる。青年は女将の身体を軽々と持ち上げると、荷物のように肩に担いだ。

「目覚める前に、さっさと店に返しにいくか。っと、そうだ、あんた怪我は――」

こちらを振り返った青年に訊ねられ、ビクッと大きく身じろぎする。子どもを抱きしめて後ずさり、大きく目を見開いて彼を凝視した。

「な……なんなの……」

がちがちと歯の根が噛み合わない。心臓がどっどっと、けたたましく鳴っている。頭の中はただ、混乱と怖れに占められていた。

女将の狂態、子どもを取られた時の衝撃、黒い靄のような不気味な何か、それをあっさり消してしまった青年。

何もかもが異常だ。何がなんだか判らない。

怖い。いやだ。こわい！

「なんの、どうなってるの、あれは何？　あんたは誰？　どういうことなのよお！」

これまでずっと、日々の生活に追われるだけだった。考えることといえば、今日の食べ物をどうするかということくらいの自分に、今のこの状況は荷が重すぎた。

頭も心も受け入れることを拒んでいる。わけも判らず、ひたすら子どもを抱きしめながら、首を横に振り続けることしかできなかった。この子を守らねばという母親の本能が、闇雲な激情へと駆り立てる。

気づいたら金切り声で喚き散らしていた。

「この化け物！　こっちに来ないで！　近づかないで！　気持ち悪い！　あたしの子どもに指一本触らないで！」

全身で拒絶され面罵《めんば》された青年は、こちらへ向けて踏み出した足をぴたりと止めて、苦笑した。

「ああ、悪かった。すぐに行くから」

怒りもせず、責めもしないで、宥めるように穏やかに言う。

きょとんとしている子どもを見て、口元を和らげた。

「――俺にも同じ年頃の息子がいるんだ。可愛いよなあ、子どもってのは。じゃ、気をつけて帰りなよ」

そう言って、青年は女将を担いだまま身を翻した。カラスを引き連れて歩いていき、ふっと闇にまぎれるように姿を消してしまう。

その途端、どっと涙が溢れ出した。

「ああ、あ、あ……」

違う、違うの。本当は——


奈緒は目を開けた。

すぐ前には、まだ眠りから覚めないトキの姿がある。彼女は今も懸命に口を動かしていた。その声はやっぱり聞こえなかったが、何を言っているのかは判った気がした。

「……奈緒、大丈夫か？」

隣に腰を下ろした須弥哉が心配そうに問いかけてくる。夢の余韻《よいん》が残っていてまだ少しぼうっとしながら、奈緒は彼を見返した。

「大丈夫よ……どうして？」

「だって、泣いてるぜ」

その自覚はなかったが、目元を指で触れてみたら、確かに濡れている感触があった。着物の袖先で涙を拭って、今度はしっかり「大丈夫よ」と返事をする。

「これはわたしの涙じゃなくて、トキさんの涙だから」

「はあ？」

奈緒が須弥哉の能力を理解できないのと同じで、夢の中で自分がトキであったことを説明しても、たぶん彼にはピンとこないだろう。七つの分家にそれぞれ受け継がれた能力は、「そういうもの」と思うしかない不思議なものなのだ。

「須弥哉、お願いがあるんだけど」

「なんだい」

「今だけ、『暁月家の当主』になってほしいの」

「は？」

須弥哉がぽかんとしたその時、トキが薄っすらと瞼を上げた。

「トキさん」

静かに声をかける。トキは「ここはどこだろう」というように天井を見つめた後、緩やかな動きで奈緒のほうを向いた。

一つ瞬きをした拍子に、目尻から涙が線を引くようにつつっと落下して、枕を濡らす。

「ごめんなさい」

その涙と一緒に、ぽつりと小さな声がトキの口からこぼれ出た。

「ごめんなさい、ごめんなさい」

未だ半分くらい夢の中にいるからか、その様子はどこか童女のようだ。しかしその分ひたむきで、弱々しくて、痛ましかった。

「トキさん」

奈緒はもう一度呼びかけ、そっと布団をめくって彼女の手を取り、両手で包むようにして握った。

「ずっと謝りたかったんですね。でも、言いたいのは、それだけじゃないんでしょう？」

恐ろしいこと、信じられないことの連続で、現実を受け止めきれなかったトキは、その狼狽と恐慌を、咄嗟に目の前の人物にぶつけてしまった。そんなつもりはなかったのに、止められなかった。

命の恩人に、酷いことばかり言ってしまった。

トキはそれを長いこと悔やんでいたのだろう。どうしてあんなことをしたのかと、自分を責め続けていたに違いない。

息子を抱えて生き延びることに精一杯だった時には意識の隅に追いやられていたその気持ちが、孫たちも手を離れ、余裕ができ、ようやく力の抜けた頃になって蘇った。

なんとかあの時の「カラスを連れた青年」を探そうとする一方で、彼女の中にあった怯えと罪悪感が、何も知らなかった子どもの頃へと逃げるように精神を引き戻していたのではないか。

「あの人は、暁月家のご当主なんです」

「ぎょうげつ……」

「ええ、今ここにいます。さあ、ご当主ですよ、よく見て」

ぐいっと隣の須弥哉の腕を引っ張って、トキの視界に入るようにする。彼は「は？」と目を白黒させていた。

「あの時、トキさんが本当に伝えたかったのは、なんでしたか？」

ほろほろ、さらさらと、トキの目から涙が膨れては落ちる。顔に深く刻まれた皺は、彼女がこれまで歩んできた人生の足跡だ。その中に消えず残っていた苦い後悔を洗い流すように。

「あ……ありがとう」

わななく唇から、ようやくその言葉が漏れた。

「ありがとう。あの時、私と息子を助けてくれて。本当に、ありがとう。あなたのおかげで、幸せな日々でした」

それを、ずっと言いたかった――

泣いて礼を言うトキの視線を受けてまごついていた須弥哉は、奈緒にこっそり肘打ちをお見舞いされて、ごほんと軽く咳払いをした。

一度目を閉じた後で、しっかりと彼女を見つめ、口角を上げる。

「……いいってことよ、あんたと息子が無事でなによりだ」

横にいる奈緒からは、そこにいるのは須弥哉にしか見えない。しかし今のトキの目にはきっと、あの時の青年、「暁月家の当主の顔」として映っているはずだ。

夢に出てきた裁付袴の青年は、当真にそっくりだった。

年齢から考えて、彼はたぶん先々代の当主、当真の祖父だ。「同じ年頃の息子」というのが、当真の父親のことだろう。

四十年以上心の中でつっかえていたわだかまりがようやく解けて、トキは安心したように深い息を吐き出し、ふんわりと微笑んだ。

「カラスさんにもよろしく伝えてね。今も元気でいるかしら」

当真の祖父が肩に乗せていたのは、若かりし頃の赤月である。思い返してみれば、今よりも羽に艶《つや》があり、なんとなく顔立ちもきりっとしていた。

「ええ、元気ですよ」

奈緒が返事をすると、トキは何度も頷いた。よかった、ああよかったと嬉しそうに呟いて、ゆっくりと目を閉じる。

口元に微笑を浮かべたまま、もう一度、穏やかな眠りに就いた。

その時、四畳半の部屋の向こうから、バサッという羽ばたきの音が聞こえた。

ギャアという鳴き声、そしてそれに重なる声も。

――オヌシも達者でな。

奈緒は弾かれたように立ち上がり、開いた障子戸まで一直線に駆けていった。

庭にある物干し竿は、わずかに小さく揺れていた。つい今しがたまで、そこに鳥が止まっていたことを示すように。

足袋のまま地面に飛び下りて、空を見上げ、目を凝らす。

いた。もうすっかり小さくなってしまっているけれど、確かに。

黒い翼を広げ、天高く舞い上がる一羽のカラスが。

「赤月……」

奈緒はぎゅっと拳を握り、唇を噛みしめた。

赤月は今でも自分を見守ってくれている。繋がりはまだ途切れていないのだ。

当真の考えは判らない。でも、自分で勝手に答えを想像して悩むのは、もうやめよう。

今明確に判っているのは、ここで諦めたら、この先の人生をずっと、トキのように後悔を抱え続けたまま歩んでいかねばならないということだ。それだけは嫌だ。

当真に会いたい理由？　そんなのは一つしかない。もしも訊ねられたら、はっきりとこう返してやればいい。

——あなたの傍にいたいから。

たとえこの先、何が待ち構えていようとも。

第四話 ☽ 杯中《はいちゅう》の蛇影《だえい》

奈緒はこのところ連日、あやしの森に出向いている。

手紙を結びつけて帰るだけなので、滞在時間はごくわずかだ。最近はなんだかお百度参りでもしているような気分になってきた。百回来たところで願いが叶うとは限らないのがもどかしいところだが。

手紙の中身は半紙一枚で事足りる、短いものだった。

――「会いたい」と、それだけ。

毎日、女学校へ行く途中に森に立ち寄って、その紙を前回と同じ枝に結び、帰りにまた寄って確認する。

朝結んでおいた手紙は、午後には必ず姿を消していた。

しかしそれに対する反応は、今のところまったくなかった。返事もなければ、合図らしきものもない。完全に拒絶するつもりならただ放置しておけばいいはずなのに、手紙はいつも律義にすべて回収されていた。

外したものをあちらが読んでいるのか、それともそのまま破り捨てているのかは不明だ。

……やっぱり何を考えているのか判らない。

奈緒はため息をついた。

その日もただ手紙がなくなっていることだけを確かめてから森を出たら、道に立っていた須弥哉が「よう」と片手を上げた。

「今日はどうだった?」

黙って首を横に振ると、やれやれというように息を吐く。

「毎日毎日、ただ手紙を出して待つだけなんて、奈緒は健気《けなげ》だねえ」

「あなたはずいぶんお暇なようね」

「そう言うなよ。意地悪じゃなくて、本当に感心してるんだ。こんなやり方は酷いと、俺でさえ思うからな。突き放しておいて手紙だけは受け取るなんて、男として最低だよ。これじゃどうしたって奈緒は期待が捨てきれない」

「当真を悪く言わないで。これはわたしが勝手にしていることよ」

手紙の内容がまた妖魔に関するものである可能性が捨てきれない以上、当主の責任として一度は開かなければいけない、と考えているのかもしれない。

しかし、もしもそうだったら、毎回「会いたい」と書かれてあるのを見て、すっかり呆れているのではないだろうか。いやそれならまだいいが、嫌がらせかと腹を立てられていたら困る。逆の立場だったら、怒りを通り越して恐怖を覚えかねない状況だ。どうしよう、ものすごく不安になってきた。

「そんなに……」

森を向いて眉を曇らせる奈緒を見て、須弥哉は小声で何かを言いかけ、口を噤んだ。

「そんなに？」

「……いや、なんでもない。まあとにかく、元気出せって。また団子でも食いに行こうか？」

肩をポンと軽く叩いて慰める声には、労わりと優しさが含まれていた。てっきり彼は傍観者の立場で面白半分に眺めているとばかり思っていたので、不意打ちされたようで胸が詰まる。

毎日毎日、今日はどうだろう、手紙を読んでいるのだろうか、ひょっとして今度こそ返事があるのではないか——そう思いながら森に入っては、落胆とともに出てくることの繰り返し。自分が勝手にしていることとはいえ、精神的に疲弊しているのは確かだったようだ。

「ありがとう」

小さい声で返すと、須弥哉が苦笑交じりの顔で奈緒を見た。

「奈緒、少し話をしないか？」

普段の軽いものとは違う、静かな口調だった。

そういえばせっかく出会った分家の末裔同士なのに、これまで彼とじっくり話をする機会はなかったと思い、奈緒は頷いた。

団子屋に行くかどうかは決めていないものの、なんとなく二人で大通りの方向へ歩きながら、須弥哉はまず自分の名前について話し出した。

「須弥山から取った名だってのは、以前にも言っただろう？」

「ええ、三千世界にあるという霊山ね」

三千世界とは、仏教の世界観で「この世のすべて」というような意味だ。

須弥山を中心として一つの世界があり、この一世界を千集めたものが小千世界、小千世界を千集めたものが中千世界、中千世界をさらに千集めたものが大千世界――この小・中・大の千世界の三つからできたのが「三千世界」であるという、途方もない単位の話である。

「俺の祖父は、当主の影武者として人生の大半を費やした。常に当主に忠実で、妖魔に狙われるようなことがあれば、自ら率先して身代わりをかって出たらしい。それが勝家の者として生まれた自分の役目だから、とね」

他の分家がみんないなくなった後で、自分だけは最後まで当主を守ろうと考えていたのかもしれない。責任感によるものだったのか、あるいは当主との間に深い絆があったのか……それを知るすべはもうないけれど。

トキの夢の中に出てきた当真の祖父の姿を思い出す。強く優しく、表情も話し方も温かみのある、懐の深そうな人物だった。

もしかしたらトキが気づいていなかっただけで、あの時、闇の中にひっそりと隠れて、「もう一人」がいたのかもしれない。

当主の影として仕えていた、須弥哉の祖父が。

「だけど俺の親父はさ」

須弥哉がふと空中に視線を投げた。

「小さな頃から、『おまえもいずれ影となり、見えないところから暁月家と当主を支えろ』と言われ続けて、心底うんざりしていたんだって。毎日ボロボロになるまで格闘や剣術を習わされていたのに、肝心の能力はとうとう目覚めないままだったから、実際に妖魔とやり合う機会もない。成長するに従ってじいさんの失望も露わになってきて、目の前で『情けない、当主に申し訳が立たない』なんて嘆かれたりすりゃ、やってられるかと家を飛び出しても無理はないと、俺も思うよ」

「まあ……」

奈緒は思わず胸に手をやった。

今まで、主家である暁月家は七つある分家すべてに見捨てられたと思っていた。だがそれは事実であっても、唯一の真実というわけではないのだろう。別の側面から見れば、分家には分家の事情があったのだ。

「自分は自分にしかならない、自分の人生は自分だけのものだ、と親父は憤ったらしい。

自分という人間は確かにここにいるのに、どうして他の誰かのために存在を消さなきゃならないんだと」

それで彼は、自分の息子に「須弥哉」という名をつけたのだという。

——この広い広い世界で、己だけが中心であれ。

「俺も誰かの影として一生を過ごすのは御免だね」

須弥哉の言葉に、奈緒はゆっくりと頷いた。

それは人として当然の感情だろう。大体、須弥哉は当主を自分の主君と仰いで大人しく仕えるような性格でもない。基本人嫌いで分家にいい感情を抱いていない当真だって、すんなり受け入れるとは思えない。

時代は変わったのだ。この国にはもう武士というものもない。彼らの祖父たちの代とは違う。

「じゃあ、当真に会えれば、その後はまた東京を出ていくの？」

暁月家の現在を知りたい、自分が持っているものについてきちんと理解したい、というのがこちらに来た目的だったはずだ。今のところまだ当真と顔を合わせてはいないが、それが達せられたら、またどこかへ旅立っていくのだろうか。

「うーん、そうだな……」

あっさり肯定するかと思いきや、須弥哉は曖昧に濁して首を捻った。揺れる眼差しにも、一瞬引き結ばれた唇にも、今までにはなかった迷いが見える。

彼にも、心境の変化というものがあったのだろうか。

「奈緒はどう思う？」

「わたし？」

なぜ自分に聞くのかと戸惑ったが、「そうね……」と奈緒は眉を寄せて考えた。

影武者云々というのは置いておいて、他の誰も持ち得ない稀有《けう》な能力が彼にあるというのは確かなのだ。妖魔を封じることはできなくとも、木刀一本で打撃が与えられるというのは大した才能だと思う。

それを眠らせたままにしておくのは、やっぱり勿体ない気がする。

「須弥哉が妖魔と関わりたくなければ仕方ないけど、その能力を活かしてもいいと思うなら、東京に残るというのはどう？　そうしてもらえたら、わたしも嬉しいわ」

須弥哉がびっくりしたように奈緒を見る。

「嬉しい？」

「だって、今まで妖魔退治は当真一人がすべて担ってきたのよ。須弥哉が近くにいてくれたら、心強い味方になるんじゃないかと思って」

「あ、そっち……」

何が「そっち」なのかは判らないが、須弥哉は拍子抜けしたように肩を落とした。

「奈緒は本当、当主のことしか頭にないんだなあ」

「そ、そんなことないわよ……」

しみじみと言われ、赤くなって抗弁した。当真のことだけでなく、赤月のことだって同じくらい考えている。

須弥哉は一つため息をついてから、周囲に顔を巡らせた。

話しながら歩いているうちに、二人はもう大通りにさしかかるところまで来ていた。このあたりは建物も通行人も多くなり、だいぶ賑やかになっている。

「そうだな……帝都には人と同じく妖魔もうじゃうじゃいるようだし、珍しいものがたくさんあるし、残っても面白いかもな」

「本当？」

奈緒はぱっと顔を綻ばせた。それを見て、須弥哉が口の端を上げる。

次の瞬間、ふいっと顔を寄せられた。

「奈緒が喜ぶならね」

そう言って、じっと見つめられる。ぐらりと視界が揺れた。

「……なあ、この際、俺を選ばないか？」

須弥哉の顔の上に、別人の顔が重なった。うなじのあたりがちりちりと逆立つ。囁かれる声は、いつも不愛想でつっけんどんな話し方をする「彼」が、決して出すことのないような、甘い──

押されかけたところで足を踏ん張って、素早く体勢を立て直す。手の平を広げ、目の前の顔に正面からバチン！ と叩きつけてやった。

「いって！」

須弥哉が顔を手で覆って悲鳴を上げる。ふん、と冷ややかにそれを見やり、奈緒はひらひら手を振った。

「わたしに術をかけようとするからよ」

「悪かったよ、つい。……それにしても、思いきりやったなあ」

「いい音がしたわね」

「鼻が潰れるかと思った」

情けない声でそう言った須弥哉は、息を吸い込んだところで我慢ならなくなったらしく、勢いよく噴き出した。

お腹を押さえて楽しげに笑い転げながら、「ひでえ」「こんな女見たことない」と文句を垂れている。

「ちっとも反省の色が見られないんだけど」

奈緒はむくれたが、あまりに可笑しそうなその様子と、見事に赤くなった鼻の頭を見て、結局自分も笑ってしまった。この陽気さに救われてきた部分もあるので、今一つ本気で怒れない。

「いいこと、また同じことをしたら――」

承知しないわよ、と脅しをかけようとしたら、それと被るように鋭い鳴き声が響いた。

ぎゃあん！

奈緒は身体を硬直させた。

さっと周りを見渡して、前方からこちらに歩いてくる男性に目を止める。

三十代……もしかしたら四十代だろうか。どこかの店の職人らしく、褪《あ》せた紺色の印半纏《しるしばんてん》を羽織っていた。

年齢がよく判らないのは、その歩き方がどこか老人のようでもあるからだ。小さく背中を丸め、ひたすら地面だけに視線を向けながら、そそくさと足を動かしている。何も見たくないし、見られたくない、とでもいうように。

俯きがちなその顔は、ひどく気が弱そうで、大人しそうだった。目も鼻も小さく、泣き出す前の子どものように唇が固く結ばれている。誰かとすれ違うたび、びくっと肩を上げては、遠慮がちに身を縮め、おどおどと視線を逸らしていた。

……あの人が、妖魔憑き？

いかにも小心そうな外見に、奈緒は戸惑った。もちろん、見た目だけで判断できるものではないが。

影は、と下に目をやったが、男性は他人を憚《はばか》るように通りの端、建物ギリギリに寄って進んでいるため、日陰に入って見えない。

確証が得られないままどうしたらいいか迷っているうちに、彼はそのまま奈緒たちとすれ違い、逆のほうに歩いて行ってしまった。丸くなった後ろ姿が、さらに小さくなっていく。

印半纏の背中には、大きく「正」という屋号が染め抜かれていた。

「どうした？　奈緒」

急に口を閉じたことを怪訝に思ったのか、須弥哉が問いかけてくる。

奈緒は慌てて彼のほうを向いた。

「黒豆が、同類を見つけたみたいなの」

「同類？　それって……」

須弥哉の表情も引き締まる。男性のことを教えようと、「あの人――」と言ってまた振り返ったが、路地にでも入ったのか、もうそこに彼の姿はなくなっていた。

「いやだ……わたしったら」

奈緒は青くなった。妖魔が憑いているかどうかは判らなくても、すぐに後をつけるなりして、どこの誰であるかを突き止めておくべきだった。みすみす見逃してしまって、これから取り返しのつかないことになったらどうする。

おろおろしながら自分が見た人物について話すと、須弥哉は少し考えてから、「そいつ、どこかの店の半纏を着てたんだろう？　どんな屋号だった？」と訊ねた。

真ん中に「正」の文字と、その右上に四角形の上辺と右辺だけの枠。奈緒のその説明を聞いて、小さく頷く。

「ははあ、そりゃ『曲尺《かねじゃく》』って枠だ。大工の屋号に使われることが多いかな。単純に考えるなら、店の名前は『カネセイ』『カネショウ』『カネマサ』といったところじゃないか？」

　するすると店名の候補まで出てくることに唖然としていたら、須弥哉に軽く背中を押された。

「じゃあほら、その線を辿って、そいつの勤め先を突き止めよう。まずはそれからだ。この大通りの中の店じゃないかもしれないが、そう遠くではないだろう。二手に分かれて聞き込んでいこうぜ」

　そう言うや、さっさと踵を返してしまう。

　それを見てやっと我に返った奈緒も、急いでそちらとは逆方向へ動くことにした。世慣れている、判断が早い、という点で、自分と須弥哉とでは雲泥《うんでい》の差があると認めざるを得ない。

　──本当に、当真の近くにいてくれたら、これ以上なく頼もしい味方になるだろうに。

　大工だったら材木を扱う店に聞いてみれば早いのではないかと考えて、奈緒は大通りを進んだ。

　確か通りの端のほうにあったはずだと、早足で歩いていく。以前饅頭《まんじゅう》を買った和菓子屋の前を通り、リボンと組紐を選んだ西洋小間物店を過ぎて、香ばしい匂いの漂う団子屋を……

「あっ、ちょいと、あんた、お嬢さん！」

その団子屋から大きな声で呼び止められて、奈緒は驚いた。

見れば、緋毛氈《ひもうせん》を敷いた縁台の横で、おかみがこっちこっちと手招きしている。今は団子を食べている場合ではないんだけど、と困惑しつつ、そちらへ寄っていった。

「ちょうどよかった、あたしお嬢さんに聞きたいことがあったのよ！」

「聞きたいこと？」

「ホラ、この間ここで、お連れの兄さんを挟んで、人違いだとかなんだとか、お年寄りとやり合ってたでしょ？」

「ああ――」

そういえば、トキが「見つけた」と須弥哉に飛びついてきたのはこの場所だった。あの時は通りを歩く人たちにもじろじろ見られたくらいだから、おかみがよく覚えていても無理はない。

「その節はご迷惑を」

「そんなことはいいんだよ。それよりも、結局あのお婆ちゃん、探してた人とは会えたのかい？」

「いえ……」

トキが探していたのは暁月家の先々代当主、今はもうこの世にはいない人だ。会えるのは夢の中くらいである。

それをどう言ったものかと考えていたら、その前におかみが興奮気味に口を開いた。

「そう、まだなのね⁉　だったら、お嬢さんから教えてあげとくれよ。つい最近、その人がここに来たって！」

「は？」

奈緒はぽかんとした。

最近ここに来た？

「あの、それって……」

「あの時、カラスがどうのとも言ってたじゃないの。だから間違いないよ！　カラスを肩に乗せて、ご丁寧に兄さんと同じような竹刀袋を背負ってたからね！　顔も確かによく似ていたよ、あちらは洋装だったけどさ！」

息を呑んだ。

「あのお婆ちゃん、やけに必死だったからねえ。上手いこと会えるといいんだけど」

にこにこ笑うおかみは、もっと以前にもその人物がここで餡団子三皿を平らげたことまでは覚えていないようだった。あの時は赤月が肩の上に乗っていなかったから、そこまで印象に残らなかったのかもしれない。

「そ、その人……えっと、お団子を食べに？」

どうやら自分はかなり取り乱しているらしい。咄嗟に口をついて出てきた問いは、ひどく間の抜けたものだった。

だからなのか、おかみものんびりとした仕草で首を横に振った。

「いいや？　いつの間にかここにいて、縁台をじっと見つめていたんだよ。それであたし、『この人だ』と店から飛び出してね、お婆ちゃんのことを話してあげたのさ。あんたを探していたようだったから、会いに行ってやったらどうだい、って」

カラスを肩に乗せた青年は、少し怪訝そうな顔をしたものの、「その問題はもう片付いたようだから大丈夫だろう」と答えたそうだ。

「それでね、その人、あんたたちのことを聞いてきてね」

再び心臓が引っくり返りそうになる。

当真が？　奈緒のことを？

「な――なんて？」

「お嬢さんと連れの兄さんはどんな話をしているようだったか、ってさ。あたしは客のお喋りに耳をそばだてるような趣味はないんでね、よく知らないと返したよ。でもあの時のお嬢さんはずいぶん落ち込んでいるようだったし、二人で深刻そうな顔をして、互いをじっと見つめ合ったりしていただろう？　だから別れ話か、よりを戻す相談じゃないかねえと言っておいたけど」

誤解だ。奈緒は卒倒しそうになった。

「そうしたらなんだかえらく難しい顔つきになって、黙り込んじまってさ。お嬢さん、あんたも罪作りだねえ」

あっはっはと笑って背中を叩かれたが、奈緒はそれどころではない。赤くなったり青くなったりで、目の前がぐるぐる廻っている。

「あれはたぶん、お婆ちゃんの孫だね。家出でもしたんじゃないかい。素直に帰れるといいねえ」

おかみの的外れな推論にへどもど返事をし、奈緒はよろよろと団子屋を離れた。

――当真が、どうして。

トキの件をすでに把握しているようなのはともかく、須弥哉のこともう知っているということだろうか。だったらなぜ知らんふりを通しているのだろう。手紙には無反応なのに、わざわざ人に訊ねるというのも判らない。

もしかして、と奈緒ははっとした。

実は赤月が見守っているのは須弥哉のほうで、奈緒が傍にいるから声をかけられないでいる、とか……？

茫然と立ち尽くしていたら、「あっ、奈緒！」と後ろから名を呼ばれた。

息せききって駆け寄ってくる須弥哉の姿を目にして、非常に申し訳ない気分になる。

「須弥哉……もうわたしに関わらないほうがいいかもしれないわ」

「はあ？　何言ってんだよ、こんな時に。それよりも、見つけたぜ」

「見つけた？」

「おいおい、どうした？　妖魔憑きの勤め先だよ。曲尺の枠に正の文字の屋号、『カネセイ』だそうだ。大工じゃなくて、金物屋だとさ」

須弥哉が胸を張ってにやりと笑う。

それでようやく奈緒も我に返った。

そうだ、今は当真より、妖魔憑きのほうが優先だ。

「大通りから外れた場所にある小さな店らしい。どうする？　奈緒」

「もちろん、行くわ」

決然と眉を上げ、きっぱり言った。


「金正」という看板を屋根瓦の上に掲げた金物屋は、大通りに並ぶ店と比べると、小ぢんまりとした構えだった。

なるほど、大工ではないが、鑿《のみ》や鉋《かんな》などの大工道具を作る店であるようだ。カンカンと金属を叩く音が店の外にまで響いている。

奈緒と須弥哉は向かいの建物の陰から、そっと中を窺った。

屋号のついた印半纏を羽織った職人は四人いた。そのうち大声で指図しているのが親方で、他三人がその弟子ということだろう。親方は五十代くらいの厳《いか》つい顔をした男性で、弟子のほうは若くて二十代といったところだ。

三人いる弟子職人のうち、いちばん年齢不詳なのが、例の気の弱そうな男性だった。

彼らの中で最も年嵩《としかさ》なように見えるのに、彼は一人、作業場の隅っこで背中を丸め、黙々と仕事をしている。明らかに彼よりも年少の職人から叱り飛ばされて、ぺこぺこと頭を下げることもあった。

「あれが妖魔憑き……？」

須弥哉が奈緒と同じ感想を呟き、首を傾げている。

作業場が薄暗い上に、男性は奥まったところに引っ込んでいるので、影は見えなかった。しばらく待ったが一向に外に出てこない。

これでは埒が明かないからと、奈緒は通行人を装ってなにげなく店の前を通り、中を覗いてみることにした。

「あの……ここは大工道具を扱っているお店ですよね？」

明らかに場違いな娘の姿に、作業場にいた全員の手が止まる。奥にいた男性も顔を上げたが、奈緒の顔を一瞬見ただけで、すぐに下を向いてしまった。

「そうだが、なんだい？　うちは簪《かんざし》なんて繊細なものは作れないんだがね」

親方は露骨に迷惑そうな表情をして、邪険に言った。こちらを怪しんでいるわけではないが、ただの冷やかしか興味半分なのだろうと決めてかかっているらしい。弟子職人のうち二人は、ニヤニヤしながら奈緒を上から下までじろじろ眺めている。

「いえ、修理も引き受けてもらえるのかと……」

「ああ、簡単なものならね。どちらにしろお嬢さんじゃあ、話になるまいよ。お使いを頼まれたのか、見学しにきたんだか知らないが、もっと判るやつが現物を持ってこいと伝えてくんな」

犬を追い払うように、しっしと手を振られてしまった。

奈緒は素直に「お邪魔しました」と引き下がることにした。なるべく男性に近寄ることが目的だったので、それが果たせた以上、粘っても意味はない。

須弥哉のところに戻ると、彼はホッとした顔になった。

「止める間もなく行っちまうから焦ったよ。あんた本当に危なっかしいな……それで、影は見えたかい」

「いいえ、見えなかったわ。でも、そのためにあそこへ行ったんじゃないの」

「は？」

「黒豆がどんな反応をするのか知りたかったのよ」

その返事に、須弥哉は目を丸くした。思わずというように、奈緒の足元へ視線を落とす。

「――どうだった？」

「今でも耳が痺れて痛いくらいだわ」

店の前にさしかかったところから鳴き声を上げ始めていた黒豆は、あの男性と目が合った瞬間、ひときわけたたましく警告を発した。

ぎゃああああん!!

他の人には聞こえないが、奈緒はすぐ耳元で叫ばれ続けているも同然だ。実を言えば、親方が何を言っているのかもよく判らないくらいだった。

その鳴き声は、店を離れるとぴたりと止んだ。

「ふうん……」

須弥哉がどこか釈然としない顔で、黒い仔猫の影をしげしげと見る。

奈緒の肩の上でせっせと毛繕いをしていた黒豆は、その視線を感じるや否や、ふうっと全身の毛を逆立てて威嚇《いかく》した。すぐ近くにある須弥哉の影に向かって、シャッと素早く前脚を振り上げる。実体があったら、間違いなく爪で引っ搔かれているところだ。

「可愛くない……」

「嫌われてるのよ、当たり前でしょう」

木刀の先で押さえ込まれた恨みは深いのである。

須弥哉はふんと鼻で笑った。

「こいつは所詮、力のない格下妖魔なんだろ？　警告なんて、どこまで信じられるかね。ただの勘違いということもあり得る」

「今まで黒豆が間違えたことはいっぺんもないわ」

擁護すると、黒豆が同意するように「ぎゃう」と声を張った。

「妖魔が憑いていても影に異常はない、という場合だってあるのよ」

操の時がそうだった。それに、妖魔が影の中に潜んでいても常にぐにゃぐにゃと動いているわけではない。妖魔憑きかどうかを正確に判断するのは、非常に難しいことなのだ。

「当真も、黒豆のような小さな妖魔を自分の影の中に入れたらいいのに。どうしてそうしないのかしら」

そうすれば時間をかけて影を観察しなくても済むではないかと、今になって気がついた。奈緒を黒豆の名づけ親にしたくらいなのだから、本人はもっと容易《たやす》く従属させることができるはずだ。

「そりゃ無理だ」

須弥哉が肩を竦めて一蹴《いっしゅう》した。

「暁月家当主が持つ刀は、この世に一振りしかない『妖魔封じの刀』だぜ。そんなものを肌身離さず持ち歩くやつの傍にいるなんざ、妖魔だって恐ろしくてたまらないだろうよ。小物ならなおさら、刀身に触れただけで封じられちまう」

「この世に一振り……」

気が遠くなるほどの昔から、暁月家の当主はその唯一の刀を引き継いで妖魔を封じてきた、ということか。

巨大な妖魔に呑み込まれそうになった時、自分の命よりも刀を手放すことを優先した当真の父は、きっとそこに込められた歴代当主の想いと人生をも、次代に託したのだろう。

「あの刀があれば、俺にだって妖魔を封じることができるんだが」

須弥哉が残念そうにぼそりと言った。

小さくため息をついてから、気を取り直すように奈緒を向く。

「──しかしまあ、とりあえず今できることを考えるか。これから、どうする？」

妖魔憑きかもしれない男性を見つけた。この後、どうするか。

そこで二人の意見は分かれることになった。早いところ当真に知らせるべきだという奈緒の主張に、須弥哉が断固として頷かなかったのである。

「今度もまた事情を書いた手紙を枝に結んでおけばいいのよ。以前もそうしたし、妖魔がらみなら当真はちゃんと対処してくれるわ」

「今も毎日手紙を書いてるのに、一度だって返事を寄越したことのないやつが？　むしろどうしてそこまで信用できるのか不思議だよ。そんなあやふやな手段に頼るなんて、俺は御免こうむるね」

「じゃあ、どうするっていうの？」

「そりゃ、自分たちで動くのさ」

「妖魔を封じることはできないって、さっき自分でも認めていたじゃない」

「だから、本当にあの男に妖魔が憑いているのかを確認するところまでだよ。間違いないとなったら、森の奥に隠れている当主サマに悠々とご出陣ねがえばいいんだろ？」

「なんだか棘《とげ》のある言い方ね」

頑として考えを曲げない須弥哉に、奈緒は困り果てた。

まだ直接会えていないという理由もあるのか、彼は当真に対してあまりいい感情を抱いていないらしい。奈緒が最初に声をかけなければ状況は違っていたはずなので、責任を感じる。

「それに、これは絶好の機会でもあるぜ」

須弥哉はにやっとした。

「絶好の機会？」

「妖魔憑きだと確定してから知らせれば、当主はすぐに封じに来る。だったらそこを待ち構えていれば、会うこともできるじゃないか。あちらへ行くことができないなら、向こうをこちらに引っ張り寄せてやりゃいいんだよ」

「そんな単純な話かしら」

困惑しながら首を捻る奈緒に、須弥哉はさらに言い募った。

「奈緒は、当主に押しつけるだけ押しつけて、あとは解決してもらうまで放置でいいのかい？　華族の令嬢の時も、途中から完全に蚊帳《かや》の外で、すべてが終わってから不幸な結果だけを知らされた。今度また同じことになっても後悔しないと言いきれるか？」

「それは……」

その言葉には心が大きくぐらついた。沙耶子の時、もっと自分に何かできることがあったのではないかと、今も悔やんでいるからだ。

「……そうね。確かに、もう少し調べてみてからでも遅くないかもしれないわ」

渋々同意すると、須弥哉は「そうこなくっちゃ」と嬉しげな顔をした。

「二人で協力して、あいつの正体を暴いてやろうぜ」

勇んで言う彼の姿に、奈緒は少し不安になった。

それから数日にわたって二人で見張りを続け、彼が「三島寅松《みしまとらまつ》」という名前であることが判明した。

年齢は三十六歳。東京生まれではないものの、故郷がどこなのかは判らない。金正で職人をする前にもいくつかの仕事をしていたそうだが、それも詳細は不明だ。

名前と年齢以外の情報や彼の過去がほとんど摑めないのは、本人がいたって無口な性質で、自分のことを滅多に語らないという理由が大きかった。

二人で見張りといっても、奈緒が女学校に行っている間、つまり大半の時間は須弥哉が分担してくれていた。同じ人間が店の前に張りついていたら不審がられるのではと懸念したが、そこは「気配を消すと他人に認識されにくくなる」という彼の能力を存分に活用しているらしい。便利である。

しかしそれだけの時間を費やしても、寅松が妖魔憑きであるかどうかの確証は得られない。逆に、須弥哉はどんどんその可能性に否定的になっていった。

「だってさ、おそろしく単調な生活をしてるんだぜ」

朝起きて、仕事をして、夕方になると住まいである長屋に帰る。

寅松の日常はひたすらその繰り返しであるという。長屋でも近所の住人に話を聞いてみたが、挨拶も世間話もせず、陰気な顔で人の目を避けるように暮らしている気味の悪い男、という評判が定着しているだけだった。

彼の家に誰かが訪ねてくることはなく、本人がどこかへ出かけるのも見かけない。かといって家の中で何をしているのかも判らない。

つまり、近所との交流がない人物の動向など、特に誰も気にしないし関心もない、ということらしかった。

職場でも同様で、寅松はほぼ仲間たちから無視されていた。

目を向けられるのは、親方に怒鳴られたり、他の二人の職人からあからさまに馬鹿にされる時くらいだ。弟子の中では彼がいちばん年長なのに、勤め始めてからの年数が二年足らずという若い職人に小突き回されても、寅松は小さくなってうな垂れ、黙っているだけだった。

「俺もう苛々してきてさ。なんであいつ、あんなにやられっぱなしで、言い返すこともしないんだ？」

須弥哉の性格上、見ているだけでも疲れるらしい。奈緒もだんだん自信がなくなってきた。

妖魔が憑いていて、あそこまで卑屈になることがあるだろうか？

「影も見たが、特におかしな動きはなかったしなあ」

「そうね……」

寅松は大体ずっと作業場にいるのだが、用事を言いつけられれば仕方なくのっそりと外に出る。その影は本人と同じく、余計な動きを一切しなかった。

それでも決定的な判断をためらうのは、気が弱いだけの普通の人、と言いきることもできないからだ。

寅松は極端に女性を避ける節があり、それは客でも通行人でも長屋のおかみさんでも同じなのだが、離れた場所から彼女たち——特に若い女性に向ける目は、妙に陰湿で、ほの暗いものを含んでいるように見えるのである。

そういう時の彼の目はまるで穴ぐらのように黒々として、なんとなく底知れないものを感じた。

「やっぱり当真に判断を仰ぐべきじゃないかしら」

何度かそう言ってみたが、須弥哉はムキになっているのか絶対に承服しない。

しかし、これではいたずらに時間を消費するだけだという点は同意して、「じゃあ、こうしよう」と人差し指をぴんと立てた。

「もっと直接的に確認するんだ」

晴れ晴れとしたその顔に、嫌な予感しかしない。

「直接的……というと」

「こちらから攻撃を仕掛けてみるんだよ。本当に妖魔が憑いていたら、それで表に出てくるだろう。反撃もせずにじっとしていたら、やつはただの無害な男ということさ」

乱暴すぎるその提案に、奈緒は呆気にとられた。

「何言ってるのよ、駄目よそんなこと。あの人はまだ何もしていないわ」

実を言えば自分だって、「影針を刺してみればはっきりするのかも」という考えが一瞬過《よぎ》ったことはある。影針を刺されても動きを止めなければ何もなし、動きを止めれば妖魔憑き確定だ。

しかしたとえ妖魔が憑いているとしても、見ている限り、寅松は何も悪いことをしていないのである。罪を犯していない人の身を傷つけるような行為をすれば、むしろ罪を負うのはこちらのほうだ。

「なに、本当に叩きのめすってことじゃない。あくまで襲う『ふり』だ。あいつには傷一つつけたりしないよ。それでいいだろう?」

「いいわけないじゃないの」

「まあ、奈緒は黙って見ていなって」

怖いなら家に帰っていればいい、とまで言う彼は、せめてもう少し寅松の人となりを知る努力をしようという説得にもまるで耳を貸さない。

結局、その日暗くなってから決行するという須弥哉を止められず、奈緒はハラハラしながら事態を見守ることになった。

放っておくことはできないし、もしかしたら自分の持つ影針が必要になる場合もあるかもしれない。

夕方になって店が閉まり、親方と他の二人が帰る時も、寅松はそのまま作業場に居残っていた。時々同様のことがあるようで、誰もそれを気にしない。「まったくあのノロマの役立たず、ちっとも仕事が進みゃしねえ」と弟子二人が聞こえよがしに怒鳴って、それぞれ去っていく。

小さく灯っていた明かりが消え、半纏を羽織った寅松が店から出てきたのは、七時を過ぎた頃だった。

あたりはもう暗い。

提灯《ちょうちん》をぶら下げて歩く寅松の後を、そろりと須弥哉がついていく。気配を消しているためか、寅松は自分を追う者の存在にまったく気づいていなかった。

少し後方の狭い路地に身をひそめた奈緒は、須弥哉が背中の竹刀袋から木刀を抜き出すのを、心臓が縮まる思いで見ていた。

やっぱりもっと強硬に引き留めるべきだったのではないかという後悔が押し寄せるが、今となってはもうどうしようもない。月の光と他の家から漏れてくる明かりだけという状況で、手元が狂って本当に寅松に危害を加えることになりませんように、と祈るばかりだ。

須弥哉が、手にした木刀をゆっくりと持ち上げる。

予定では、それをそのまま地面に叩きつけるはずだった。驚いた寅松が振り返ったところで、さらに攻撃する「ふり」をするという。

木刀は必ず寸止めにして、寅松が反撃せず震えているだけなら、妖魔は憑いていないと判断し、すぐにその場を離れるから——と。

だが、彼が木刀を振り下ろすことはできなかった。

その手は唐突に、空中の半端な位置でぴたっと止まってしまったのだ。

次の瞬間、草履の裏がふわっと地面を離れ、須弥哉の身体はすごい勢いで後ろへと吹っ飛んだ。

奈緒には、目には映らない何かによって、弾き飛ばされたようにしか見えなかった。

「うわっ！」

なすすべもなく何かの強烈な衝撃を受けた須弥哉は、驚愕の叫び声を上げて一間《いっけん》分ほども後方の地面に叩きつけられた。

背中を強打する音と、続いて呻き声が聞こえる。奈緒は隠れていた場所から飛び出した。

「須弥哉！」

彼に駆け寄ろうとしたその時、シュッという鋭い音が聞こえた。同時に、ぎゃあん！という黒豆の大きな声が響く。

思わず動きを止めたら、顔の近くを目には見えない何かが素早く掠《かす》めていった。

ぬるりとした感触が頬を伝い、一拍遅れてじんじんと痺れるような痛みがやってくる。

手を当ててみると、指先には血が付着していた。

シュッ、と風を切るような音がまた鳴った。

咄嗟に腕で頭を抱え込み、身を縮める。直後、何かが着物の袖を揺らした。

蒼白になって目をやれば、切られた袂《たもと》の下半分がぶらんと垂れている。

鋭利な刃物ですっぱりと裁断されたかのような――

かまいたちが出たとしか思えない切り口。奈緒はこれと似たものを、以前も間近で見たことがある。

操の中から現れた影が、兄の慎一郎に襲いかかった時に。

震えながら振り返ると、そこには寅松がゆらりと立っていた。

手から離れた提灯が地面に落下して潰れ、ぼぼっと音を立てながら燃え上がっている。

赤い炎に下から照らされて、ぼんやりと闇に浮かび上がった彼は、もぞもぞ蠢く黒い影を全身にまとわせていた。

「ひひっ」

寅松が小さく笑った。

「妖魔――」

やっぱり憑いていたのだ。

だが、奈緒の思考はそこで止まった。シュッという音とともに、蛇のように伸びてきた黒い影がまっすぐこちらに向かってきたからだ。

その影はしゅるりと柔軟に形を変え、一本の縄のようになると、奈緒の身体をぐるっと取り囲み、そのまま締まって拘束してしまった。

ぎっちりと巻きついて、強く胸部を締めつける。懐に手が入らないので、影針の袋を取り出すことができない。

「う……」

肺が圧迫されて、息をするのも難しい。ばたばたともがいても、到底抜け出せそうにない。潰されそうな苦しさに、脂汗を流しながら呻いた。

その奈緒を見て、寅松が笑いながら舌なめずりをしている。

「――俺はよう、昔から動きが鈍重で、頭もよく働かなくてさあ」

彼が喋るのをはじめて聞いたが、操の時と違って、のんびりとした普通の声だった。こんな状況でにたにた笑っている異様さを除けば、だが。

「ずうっと、周りから見下されてきたんだよなあ。親兄弟だって同じさあ。何かをするたび、話すたびに、笑われたり殴られたりするもんで、いつも黙っているようになったよ。たまに喋んなきゃいけない時は、緊張してどもったりするから、余計に馬鹿にされるのさあ。特に女――若い女はダメだあ。女の前に出ると頭に血がのぼって、笑われでもしたら土の中に潜りたくなっちまう。まったく情けない。それに恥ずかしい。腹立たしい、悔しい、憎くてたまらない。……ああ本当に、忌々しいったらねえ」

小心で気弱な男の心の中で、そんな感情がどろどろと滾るようにして溜め込まれていたことに、誰も気づけなかったのだ。

「そうしたら最近になって、どっかから声が聞こえるようになってさあ。誰かが耳元で囁いているような感じなんだよなあ」

この世の理不尽、おまえの不幸のすべては、みんな女のせいだ――

「その声をずーっと聞いているうちに、本当にそうだよなあと思うようになってきたんだよ。俺が苛められるのも、馬鹿にされるのも、笑われるのも、みんなみーんな、女が悪い。母親だって、近所の娘っ子だって、俺を下に見ていた。あいつらがいなきゃ、俺の人生はもっと上手く廻ってたはずなんだ」

囁かれる「声」に賛同し、積極的に受け入れるようになった寅松は、だんだん自分が自分でなくなっていくような感覚がし始めて、不思議な力まで使えるようになっていることに気がついたのだという。

「きっと、神か仏が、俺に授けてくれた力だと思うんだよなあ。だったらありがたくもらっておかないと、罰が当たるってもんだろ？」

ひひっと笑って、一層強く、影で奈緒の身体を締めつける。胸郭《きょうかく》がみしみしと軋《きし》むような感じがして、奥歯を食いしばった。

「だから存分に使ってやったんだあ、女相手にさあ。こうやって息もできなくさせて、弱ったところを、気が済むまでいたぶってやるんだよ。本当に、気持ちがよかったなあ。いつも俺を嗤ってた女どもがさあ、惨めに這いつくばって命乞いして、泣いて許しを請うんだから」

許さなかったけどなあ、と言ってまた笑う。

「これは俺の復讐だからさあ。裸に剝いて、さんざん犯して、その後で切り刻んでやった。どうせ、絶対に死体は見つからないからよう」

ぞっとするようなことを、寅松は陶酔した表情で、まるで自慢するように喋った。

埋めたのか隠したのか——被害者がみな忽然《こつぜん》と消えていたから、今まで騒ぎにもならなかったのだろう。

復讐といったって、実際にその女性たちが何かをしたわけではあるまい。何もかもが寅松の勝手な思い込みに過ぎないのだ。長屋に住む人たちだって、誰も彼のことを気にかけていなかった。

寅松の目には何が見えて、何が見えなかったのか。

「あ、あなたに話しかけている、それは、妖魔よ。恐ろしい、魔性のものだわ。あなたに、と、取り憑いて、中に入り込んで、操っているの」

奈緒は苦しい息の下から切れ切れの言葉を出したが、寅松は「へえ、妖魔かあ」と意にも介さなかった。

「だったら俺は、店のやつらよりも、すごい人間になったってことだよな? ひひっ、そりゃあいいや。夜に女を相手にするのが楽しくて、昼間は大人しくしてたけど、今度はあいつらを叩きのめしてやってもいいなあ。ウスノロだのグズだのと蔑んできた俺が、自分たちよりも上の存在だったことを知ったら、どんな顔をするんかなあ」

この力を使えば、女も男も、どんな人間も自分に跪《ひざまず》く。そう言う寅松の目は、欲望と歓喜で輝いていた。まくれ上がった唇は醜悪なほどに歪んでいる。

本人の心が拒絶し、撥ね除けなければ、取り憑いた妖魔は離れない。自ら進んで妖魔と一体化することを望む彼から引き剥がすことは不可能だ。

奈緒は目の前が真っ暗になるような絶望感に捉われた。

酸欠で頭がくらくらする。滴《したた》り落ちる汗が目の中に入って、視界がぼやけてきた。このまま意識が遠のいていきそうだ。

身体から力が抜けかけた時、ドッ、という鈍い音がした。

閉じつつあった瞼を上げてみると、唇から血を垂らし、険しい表情をした須弥哉が背後から寅松に木刀を振り下ろしていた。強烈な打撃を示すように、刀身が肩に深く食い込んでいる。

それなのに、寅松の顔には驚きも苦痛もなかった。平然と振り返り、大きく目を見開いた須弥哉に向けて、凄みのある獰猛な笑みを浮かべる。

「邪魔だなあ、先にてめえを殺してやる」

道端の石が邪魔だから蹴り飛ばす、というくらいの軽さと気のない調子で言ってのける。

妖魔に乗っ取られるとは、こういうことか。

「女のほうは、足でも折っておきゃ、逃げられないだろう。後でじっくりと時間をかけて、刻んでやるからよう」

楽しそうに笑ってから、寅松は影で掴んだ奈緒を高々と持ち上げた。地面がどんどん遠くなって、頭が真っ白になる。

「奈緒！」

焦って叫ぶ須弥哉の顔も小さく見えた。ここから叩きつけられたら、足を折るだけで済むとは思えない。場合によっては首がポキッと折れておしまいだ。

どんなに足掻《あが》いても逃げられないと悟り、覚悟を決めてギュッと目を瞑《つむ》る。死ぬかもしれないと思った瞬間、頭を過った顔が父でも兄でもばあやでもないことに、ちょっと罪悪感を抱きながら。

ぶおん、と唸りを上げて、奈緒は乱暴に放り投げられた。

すぐに激しい衝撃と痛みがやって来るだろうことを予想して、身を固くする。

もうだめ、と眦《まなじり》に涙が滲んだ。

——が、ドサッという音と同時に感じた衝撃は、思っていたほど強くはなかった。

痛みもない。動きが止まったから着地はしたということなのだろうが、背中に当たる感触はさほど固くない。むしろ、柔らかい。

そろりと目を開けてみたら、視線が地面よりも高い位置にあった。浮いている、わけではなさそうだ。自分の身体はしっかりと何かによって支えられている。

抱き上げられているのだ、と理解するまでに数秒を要した。

高所から投げ飛ばされた自分を、地面に激突する前に受け止めてくれた誰かがいる。

ようやくまともに呼吸ができるようになって、ゲホッと咳き込みながら喘《あえ》ぐ。大きく息を吸った瞬間、その「誰か」が奈緒の顔を上から覗き込んだ。

「――……」

吸い込んだ息を吐くのを忘れた。

ほんの数秒前まで、思い浮かべていた顔がそこにある。

「大丈夫か、奈緒」

すぐ近くにある口が動いた。聞こえてくるのは、記憶にある声そのままだった。

長めの前髪に半分隠れた瞳が、懐かしい色をたたえて奈緒を見つめている。

首元に赤い三日月形の模様があるカラスが、彼の肩の上で心配そうに首を傾げていた。

「と……当真？」

掠れた声を喉から絞り出した。

「ああ」

「本当に、本物？」

「見りゃ判るだろ」

「当真の顔に見える別人じゃなくて？」

「おまえ、頭でも打ったのか」

当真が眉を寄せたが、そこに少し不安げなものが乗る。肩の上で、赤月がバサバサと羽を動かした。

「ム、妖魔に締めつけられすぎて、脳に深刻な異常が出とるのかもしれん。だから早く助けろとワシがあれほど言うたのに！」

「下手に途中で手を出したら、あのまま握り潰されて、内臓が全部飛び出していたかもしれなかった」

縁起でもない言い合いをする一人と一羽を、奈緒は茫然と眺めた。

無神経で、ぶっきらぼうで、ちっとも優しくなくて、それでも奈緒が危ない時には必ず助けに来てくれる——

間違いなく、当真だ。

もう一度吸い込もうとした息が、ひゅっと音を立てて喉を塞いだ。口元が歪み、眉が下がる。吐き出そうとした息はそのまま嗚咽に変わった。

一粒ぽろっと涙がこぼれたら、それを契機に、凍りついていた思考と感情が再び動き出した。

一旦動き始めたら、何もかもがすごい勢いで崩れて落ちた。雪崩と同じだ、もう止まらない。

うわあああん！　と奈緒は大声を出して泣いた。

後から後から涙が溢れ出してくる。当真の首に腕を廻してしがみつき、これまで溜め込んでいたものを一気に解放した。

当真と赤月の名を交互に呼びながら、彼の肩に自分の顔を埋めて泣きじゃくる。こんな風に手放しで泣いたのは、幼い頃以来だ。恥ずかしいともみっともないとも思う余裕はなく、ただ迸《ほとばし》る激情に身を委ねるしかなかった。

奈緒を抱いている手に、ぐっと力が込められた。

伏せた頭に、当真の頬が強く押しつけられる。耳をくすぐるような小さな声で、囁きが落とされた。

「……妖魔からも暁月からも離れたところで、平和に暮らしていけばよかったのに」

なんとか泣き声が収まったところで、当真はゆっくりと、しゃくり上げる奈緒の身体を地面に下ろした。

庇うように前に出て、背中に括りつけられた黒鞘から輝く白刃を静かに引き抜く。鞘にはちゃんと、赤と黒の組紐が巻きつけてあった。

抜き身の刀を手に、当真は寅松と対峙した。

「なんだあ、おまえ」

唐突に現れた青年とカラスに唖然としていた寅松は、ここでやっと我に返って、底光りする目で当真を睨みつけた。

笑いの消えた顔は能面のようだった。妖魔の力を使うようになって、彼は人として大事な何かまで手放してしまったのかもしれない。

須弥哉は寅松の近くで片膝をついていた。彼の視線は当真の持つ刀に釘付けになっていて、魅入られたようにそこから離れない。

「なあ、出てこいよ」

当真は自分に向けられる悪意には一向に頓着しなかった。揺らぐことなく刀の切っ先を突きつけ、淡々とした調子で寅松に話しかける。

「ああ？」

「そいつを利用して隠れてるんだろ。出てこいよ」

シュッと音がして、槍の穂先のように尖った黒い影が、すごい速度で向かってきた。明らかに殺意を持った凶悪なそれを、当真は動じることなく刀で弾き返した。どれほどの硬度があるのか、キン、という高い音が鳴る。

同時に駆け出した当真が、疾風のように寅松へと迫った。

影の攻撃を素早くかいくぐり、迷いのない動きで上体を斜めにしたと思うと、鞭がしなるような音を立て、強烈な回し蹴りを相手の胴に叩き込む。

その重さをこらえきれなかった身体が吹っ飛び、地面にゴロゴロと転がって倒れた。

当真は刀を手にして、すたすたとそちらに寄っていった。柄を握り直し、先端を下に向け垂直に構える。

そして、影ではなく、仰向けになった寅松の腹を一突きした。

げえっ、としゃがれた声が上がる。

寅松は束の間動きを止めたものの、再びにやりとした。刀を突き刺されたまま笑い続けるその異様な姿を見て、奈緒は身震いが止まらない。妖魔に憑かれたからといって、不死身にでもなったというのだろうか。

だが――

当真がぐいっと刀を抜くと、赤い血ではなく、黒い影がどっと噴出した。

体内から湧き出てきたその影は、当真に襲いかかってくることはなかった。帯のように平たく伸びて、寅松を包み隠すようにするすると巻きついていく。

そして、ギシッと強く締めつけた。

「ぎゃっ！」

寅松が目を剝いて悲鳴を上げた。

「な、なんだこれ」

オロオロとうろたえて自身を見下ろす。黒く染まっていく身体を見て、彼の顔にはじめて恐怖の表情が浮かんだ。

胴、腕、足と徐々に巻きつく範囲を広げていく影の帯は、容赦なくその肉体を締め上げているようだった。みちみち、という不吉な音がして、寅松の顔がどす黒く変色する。

「ぐえっ……」

呻き声を上げる顔は苦悶《くもん》に歪み、汗でてらてらと光っていた。内側からその身を守っていたらしい妖魔が外に出たことで、痛覚が戻ってきたようだ。

本人もそのことを認識したらしく、驚愕で目玉が飛び出そうになっている。

影の力は強大なのか、死に物狂いで暴れている寅松の身体は、外から見ると小さく揺れる程度にしか動かない。

「な、なんだよ、どうなってんだ、これ。ちくしょう、俺から離れろよ、離れろったら！　あが、い、息ができね……やめ……げふっ！」

寅松は口から勢いよく血を噴いた。真っ赤になった歯を剝き出し、雄叫びのような声を上げ続ける。

未知の力を手に入れ、自在に使いこなしていると信じきっていた彼は、今になってようやく、自分の中にあるのが魔性のものであることに気づいたのかもしれない。

「た、たすけてくれ……！　たのむよ、死にたくねえ、死にたくねえよう！」

混乱して慌てふためき、必死の形相で助けを求めるその姿に、先刻までの傲慢さは欠片もない。

女性を物のように弄び、命を奪ってきた男は、自分がやられる側になると、あっさり表面を覆っていた殻《から》を壊した。

中にいるのは、小心で、臆病で、卑屈で、人と関わる勇気を持てず、道を誤った哀れな男でしかない。

寅松は滂沱《ぼうだ》の涙を流し、断末魔の叫びを上げた。

「ひぃいいい‼　たっ、たす」

その口もすぐに影に塞がれ、声がぴたっと途絶えた。押し潰され、呼吸をすることもできなくなった全身が、ピクピクと痙攣《けいれん》している。血走って見開かれた目は、もう何も映していない。その部分さえ、黒に覆われていく。

奈緒はどうすることもできず、震えながらその様子を見ているしかなかった。混沌とした頭の中で、自分は寅松を助けられないということだけが、はっきりと判った。

もう誰も、彼を救えない――

だったらせめて、最後まで目を逸らさず見届けて、胸に刻みつけなければ。

自分の手の小ささを。

寅松は影に呑み込まれ、彼自身もまた影になったように、「黒い物体」となり果てた。

奈緒の耳に、がりがり、ぼりぼり、ぐちゃぐちゃと、骨を噛み砕き咀嚼《そしゃく》するような、嫌な音が聞こえた。

ようやく気づいた。こんな化け物が他にいるとは思えない。

――あやしの森に現れた、人喰い妖魔だ。

あの時は美しい娘の形をとっていたが、今回は寅松という生きた人間の中に隠れていたということか。

そして当真の刀に刺されて外に出てきた途端、宿主を喰ってしまった。

自らもまた影と化した「寅松だったもの」は、人間の形を保ったまま止まっていたが、少ししてからべしゃりと潰れ、嵩がなくなった。本当に喰われたのか、吸収されたのかは判らない。

しかしそこで、奈緒は理解した。

被害者の女性たちも、こうして消されてしまったのだろう。「絶対に死体は見つからない」という寅松の言葉もそれで腑に落ちる。

寅松の魂は救われないまま、きっと地獄へ行く。彼がなしたのは惨すぎる鬼の所業、それだけの罪を犯したのだから。

でも、妖魔という存在がなければ——

奈緒は強く拳を握った。

平面になって大きく広がった影は、再びむっくりと起き上がり、

「ひひっ」

と笑い声を立てた。

寅松の声ではないのに寅松の真似をしたその笑い方に、吐き気がする。

妖魔には目も口もない。しかし確かに、その視線が当真の姿を真っ向から捉えたような気がした。

「——いずれ、また」

短くそう言って、妖魔はしゅるると縮んだ。ずるりと這うように後ずさり、まだ燃えていた提灯の上に被さって移動する。

ふっと炎が消え、薄闇が広がった。

妖魔は暗がりと影にまぎれ、そのまま見分けがつかなくなった。

当真はその場から動かない。刀を握りしめ、逃げる妖魔の行く先にじっと視線を据えている。しかし両親の仇《かたき》でもある妖魔に向ける目は、以前のように憎悪に占められてはいなかった。

地面には、金正の印半纏だけが、まるで抜け殻のようにひらりと残された。

月明かりでぼんやりと浮き上がる背中の「正」の白文字が、ひどく虚しく見える。

……一体、何が正しくて、何が間違いだったのか。

「これまで何人もの女を犠牲にしてきたんだから、自業自得だな」

当真が呟くように言って、刀を鞘に収める。静寂の中、チンという音が響いた。

「当真……」

奈緒は両手を握り合わせ、彼の名を呼んだ。

聞きたいこと、言いたいことがたくさんありすぎて、どこから始めたらいいのか判らない。それに心の中には、未だ拭いきれない怯えもあった。

もし、声をかけた途端に、逃げられてしまったら？

だが、当真はそこに立ったまま、こちらを振り返った。

「おまえはまた傷をつけて」

苦々しい表情で文句を言われ、再び込み上げていた涙が止まる。この場面で、他に言うことはないのか。

「当真、わたし」

口を開いたら、当真は遮るように軽く手を上げた。

「今日は遅いから、家に帰りな。……逃げたりはしない。ちゃんと話もする」

その言葉とともに、ひらひらと何かが目の前に降ってきた。差し出した両手に収まるように、ふわりと着地する。

黒い羽根——暁月屋敷への導き手だ。意味するところは一つしかない。

奈緒はそれをしっかりと包み込んだ。

「きっとね？」

「ああ」

きっぱりとした返事に、深い息をついて頷く。当真は嘘をつかない。話をする、という彼の言葉を信じよう。

「俺は？　俺も行っていいよな？」

割り込んできた須弥哉に、当真は露骨に顔をしかめた。

「おまえは来なくていい」

「なんでだよ。あんたが暁月家の当主なんだろ？　俺は勝家の——」

「知ってる。だがそんなもの関係ない。おまえ、自分が何をしたのか自覚してるのか。相手の力量を測ることもできないくせに、己を過信して無謀な行動で突っ走った挙句、奈緒を危険な目に遭わせたんだぞ。二人して死んでいてもおかしくなかった。おまえだけ死ぬのは勝手だが、奈緒まで巻き込むな。どうして俺がそんな無責任な阿呆と話をしなきゃならないんだ？」

以前にも増して舌鋒《ぜっぽう》鋭く、口が悪い。会わない間に何があったのかと思ったが、当真の吊り上がった眉と、吐き捨てるような口調からして、どうやら相当怒っているようだ。

皮肉げに笑う須弥哉も、やっぱり眉が上がっている。

「あれ、あんたがそんなこと言うんだ、へえー。無責任っていうならあんたも大概だと思うんだけど？　あんたのその煮えきらない態度のせいで、可哀想に、奈緒が今までどれだけ苦しんだと思うんだい？」

「奈緒奈緒と馴れ馴れしく呼ぶな」

「その言葉そっくり返してやるよ」

いがみ合う二人の間に入ったものかどうか悩んでいたら、バサッと音がして、奈緒の肩に赤月が降りてきた。

「久しぶりだのう、ナオ」

優しい声に、じんとする。

ずっとこの言葉が聞きたかった。ずっと、この姿が見たくてたまらなかったのだ。

「……会いたかった」

奈緒は赤月にそっと顔を寄せて、微笑んだ。

第五話　影の形に添うが如《ごと》し

朝から奈緒はそわそわしていた。

なにしろ今日はようやく、本当にようやく、当真と会って、きちんと話ができるのだ。

前夜ほとんど眠れなかったのはもちろん、食事も碌に喉を通らない。女学校が休みでよかった。

また以前の腑《ふぬ》抜けのような状態に戻ってしまったのではと心配そうだったばあやは、朝食の大半を残した奈緒がいそいそと外出の支度をし始めたのを見て、びっくりしたように目を見開いた。

「お出かけでございますか、お嬢さま」

「ええ、そうなの」

自分では普通に返事をしたつもりだが、口から出た声はかなり上擦っている。

「ひょっとして、藤堂伯爵さまのお屋敷へ？」

「ううん、そういうわけじゃないけど……どうして？」

「ずいぶん念入りにおめかしされていらっしゃるので。お着物も、長いこと迷いながら選んでいましたでしょう」

「そっ、そんなことないわ」

奈緒は顔を赤らめ、慌てて否定した。自分では極力、「いつもどおり」を心がけて身なりを整えたはずなのだ。決して飾り立てているわけでも、華美な装いをしているわけでもない。

しかし少し不安になってきた。

「あの、この着物、そんなにも変？　なんていうか、『張りきっている』ような感じがする？　どうしよう、やっぱり他のにしようかしら」

「張りきって……？　よく判りませんけども、どちらかをご訪問されるのでしたら、もっと良いものをお召しになってもよろしいのでは？」

「だめよそんなの、まるで遊びに行くみたいだわ。浮かれてお洒落してきたなんて思われたら困るもの」

「はあ、今のお嬢さまは、お顔だけでも十分浮かれていらっしゃるように見えますけどねえ……いえ、それはともかく」

ばあやは眉を寄せ、改まって帯の上で両手を重ねた。

「最近、お外にいらっしゃる時間があまりに長すぎではございませんか？　家に閉じこもってばかりなのもいかがかと思いますけど、それにしたって……。昨日はずいぶんと暗くなるまでお戻りにならず心配しておりましたら、まあ、お顔に傷をつけて、その上着物の袂まで切って帰ってこられて！　ただでさえ残り少ない寿命が縮まりましたよ」

「ごめんなさい。そんなことを言わないで、長生きしてちょうだい」

ばあやに叱られるなんて、子どもの頃以来のことだ。このところ寅松の件で忙しかったのは事実なので、奈緒は殊勝に謝ったが、ばあやの顔は晴れなかった。

「慎一郎さまが落ち着いてこられたと思ったら、今度はお嬢さまがフラフラされるようになるとは……嫁入り前の大事なお身体に何かありましたら、ばあやは旦那さまに顔向けができません。お嬢さまは昔から賢く、しっかりしていて、何も言わなくてもご自分のすべきことが判っていらっしゃる方でしたのに……」

少し愚痴《ぐち》めいた説教はなおも続いた。どうしたのかしら、珍しい……と考えて、奈緒は気がついた。

違う。

ばあやが叱るのが珍しいのではない。今までの奈緒が、彼女の前では「手のかからない、しっかりした娘」であり続けていたからだ。

父が多忙でほとんど家におらず、母は早くに亡くなり、兄までが跡継ぎの重圧に苦しんでどんどん荒《すさ》んでいった深山家で、せめて自分だけはまっすぐ立っていなければと、奈緒はずっと気を張っていた。

周りの空気を読み、人が求めるように振る舞い、頼る相手がいなくとも毅然《きぜん》とした態度を崩さず、いつも「大丈夫」と微笑んで。

決められたことに大人しく従って、道を外れることもなく歩いていく優等生。それが、ばあやから見た奈緒だったのだろう。

もちろん、そのすべてが虚構だったわけではない。しかし、それが奈緒のすべてというわけでもない。

心に隠していたものも、お腹の下のほうに抑え込んでいたものも、言わずに我慢していたものだってたくさん、あったのだ。

「ごめんなさい、ばあや」

奈緒はもう一度謝ってから、にこっと笑った。

「――でも、これも『奈緒《わたし》』なのよ」

無謀だの危なっかしいだのと文句を言われ、なぜ逃げるということをしないのかと怒られ、いつまでも未練がましく、己の無力さに歯噛みをし、迷い、悩み、苦しみ、腹を立て、子どものようにわんわん泣いて、当真と赤月に会うというだけでこんなにも胸をドキドキさせてしまう。

これもまた、自分だ。

つらいこと、上手くいかないことは数えきれないくらいある。しかし、奈緒は意外とそんな「今の自分」が嫌いではなかった。

「じゃあ、いってきます」

まだ何か言いたそうに口を開きかけたばあやに片手を上げ、ひらりと身を翻す。

玄関まで行くと、外套を羽織り、帽子を被った兄の慎一郎と顔を合わせた。

「あら、お兄さま。お出かけですか？」

「……ああ」

仏頂面で返事をされたが、以前のように睨んだり悪態をついたりすることがなくなったのは、大きな変化である。

一度妖魔に憑かれるという経験をしてから、兄は奈緒を敵視するのをなるべくやめて、大学にも真面目に通うようになった。「なるべく」というあたりに根深いものがあるが、今さら性格が丸くなって妹に優しい兄になられても困惑するだけなので、これで十分だと思うようにしている。

「おまえも出かけるのか」

「ええ」

「まったく毎日毎日、一体どこをふらついて……」

苦言を呈するように言ってため息をついたが、少し前まで毎日毎日フラフラしていたのは自分のほうだという自覚はあるのか、そこで言葉を切った。

奈緒は笑いを噛み殺した。決して仲の良い兄妹になったわけではないものの、兄は兄でいろいろと努力しているのは感じられて、嬉しくもある。以前のように何もかもが投げやりではなく、将来に目を向け始めたという証だ。

「では、気をつけていってらっしゃいませ」

兄を見送るためその場に立ち、澄ました顔で挨拶をすると、彼は帽子の下から奈緒へと視線を向けた。

「ふん、女のくせに顔に傷をつけるような迂闊《うかつ》なやつに、『気をつけて』などと言われる筋合いはない」

前言撤回である。まったく憎たらしい。

そんなに大きな傷ではないし、切り口が鋭く浅かったのですぐに血も止まったくらいだ。あまり目立たないようでよかったとホッとしていたのに、そうまで言われると心配になってくるではないか。

頬に手をやった奈緒を呆れるように見ていた慎一郎は、玄関扉の取っ手に手をかけたところで、もう一度振り返った。

ちらっと廊下の奥に目をやり、声音を抑える。

「……奈緒、勘違いをするなよ。ばあやの主人はあくまで父さんであって、おまえの全面的な味方というわけではない。ばあやはおまえのことを、逐一父さんに手紙で報告しているぞ」

そんな忠告めいたことを言ってから、外に出ていった。

が、奈緒は兄の言葉をあまり深く受け止めなかった。

離れて暮らす父親に、ばあやが自分たち兄妹のことでたびたび手紙を出しているのは、前から知っていた。しかし買い付けのため外国へ行った父が、現在日本に帰っているのかどうかも、奈緒はよく判っていない。それくらい、自分たち親子の関係は希薄なのである。

父と次に顔を合わせる頃には、顔の傷なんて綺麗に塞がっているだろう。

奈緒の頭は今、目先のことでいっぱいで、他のことを入れる余地が残っていなかった。

「よう、奈緒」

まるで雲を踏んでいるような心持ちであやしの森まで行くと、須弥哉が道で待っていた。

結局当真は訪問の許可を最後まで出さなかったようだが、それを無視してでも行くつもりらしい。須弥哉がこれまで当真に会おうと何度も森に来ていたのは知っているし、二人の距離が少しは縮まればいいという奈緒の希望もあって、彼がついてくるのを止めることはしなかった。

須弥哉とともに森の中へ入り、懐から取り出した黒い羽根を、緊張しながら手の平に乗せる。

一拍の間を置いてから、羽根はふわっと浮き上がった。

風に緩く吹かれるように、空中を漂いながら舞って、森の奥へと誘っていく。奈緒は安堵と喜びで感無量だが、須弥哉はひたすら不思議そうだった。

「こりゃ一体、どういう仕組みなんだ？」

と言いながら浮かんでいる羽根を横から下からと観察し、指で突いたり、時々ふっと息を吹きかけたりしている。羽根は迷惑そうに揺らぎつつも、進路妨害にもめげず、屋敷の方向を目指して進んでいった。

「もう須弥哉、邪魔をしないで。大人しくしていてちょうだい」

「だってさ――」

須弥哉は子どものように唇を尖らせたが、それ以降は何もせず、足を動かすことに専念した。

「やっぱり暁月家の力は違うな」

歩きながらぶつぶつ呟き、じっと羽根を見つめている。

須弥哉の持つ能力だってかなり特殊だと思うが、彼もいろいろ感慨深いのだろうと思い、奈緒は黙っていた。正直、自分も落ち着いているとはお世辞にも言い難く、他のことに気を廻せるような精神状態ではない。

羽根はきちんと二人を暁月屋敷へと案内してくれた。久しぶりに見る長屋門に深い息を吐き出した奈緒の隣で、須弥哉があんぐりと口を開けている。実際に目で見て「本当にあった」と思っているのだろう。その気持ちはよく判る。

「よう来たな、ナオ！」

「赤月！」

バサバサと飛んできて腕の上に止まった赤月と、再会を喜び合う。「トーマが待っておるぞ」という言葉に従い門の戸を開けて中に入り、そのまま庭へと向かった。

縁側に腰掛けていた当真が、奈緒たちの姿を見て立ち上がる。考えてみたら、こんな風に迎え入れられるのは、はじめてのことではないだろうか。

当真はこちらへ歩み寄ると、ふいに手を動かして、軽く奈緒の頰に触れた。

頭も身体も、ぎしりと固まった。

「ちゃんと手当てはしたのか」

「えっ⁉　あっ、ああ、傷ね？　平気よ、掠り傷だからすぐ治るわ」

動揺しきって、湯気《ゆげ》が出そうなくらい真っ赤になりながら、奈緒はあたふたと返事をした。心臓に悪いので、唐突な接触はやめてほしい。決して触れられるのが嫌というわけではないが、それはそれとして。

「俺もいるんだけど」

「牽制じゃろ。大人げないのう」

「呼んでもいないのに勝手に来たやつのことなんて知るか。それに赤月、余計なことを言うな」

混乱のあまり頭が少しくらくらしていたので、彼らの言葉はほとんど奈緒の耳に入らなかった。

当真はくるりと踵を返すと、また縁側に戻ってどかっと腰を下ろした。

須弥哉もそれに続いて、許しも得ず少々乱暴に座り、腕を組んだ。それぞれ傍らに黒鞘の刀と竹刀袋を置いたが、お互い逆方向に顔を背け、二人の間には人一人分くらいの隙間が空いている。

奈緒は困惑した。

「……もしかして、わたし、あそこに入らないといけないのかしら」

「そのようだの」

なんだか嫌だ。ものすごく座り心地が悪そうだ。

「赤月、一緒に座りましょう」

「ワシのことは気にするな」

「お願いだから」

逃げかけた赤月を無理やりギュッと抱きしめて、奈緒は仕方なく二人に挟まれるようにして縁側に腰掛けた。両側の二人はギスギスという音が聞こえそうなほどの軋んだ空気を発していて、非常に居たたまれない。なにこれ。

しんとした沈黙が続き、奈緒は小さく息をついた。

どうして自分を切り離すような真似をしたのか。いちばん知りたかったのはそれなのだが、いざこの時になると、なかなか言葉にすることができない。こういう時こそ赤月に賑やかに騒いでほしいのに、奈緒の膝の上で丸くなったカラスは、我関せずというようにだんまりを決め込んでいる。

な仕草をした。

意を決してようやく口を開くと、こちらに顔を向けた当真が、小さく手で制するよう
「あの……」

「奈緒、先に俺の話を聞いてくれるか。今まで、俺が何をしていたか」

「あ、ええ」

会わなかった期間の話だ。もちろんそれも知りたい。真面目な顔で背中を伸ばし、聞く体勢になった奈緒を見て、当真はゆっくりと頷いた。

「――俺はずっと、あの妖魔を探していた」

言われた内容に瞠目《どうもく》する。

「あの『人喰い』を？」

奈緒の言葉に、当真が一つ瞬きをした。それから、「……ああ、その名はぴったりだな」と少し感心したような声を出す。

「そう、やつと他の妖魔との、最も大きな違いはそれだ。だからこそ、力を取り戻すために、また人を喰うと思った。二度目ともなれば知恵もついていることだし、回復は以前よりも早いだろう。人間の形をとって動き回るのはまだ難しいだろうから、誰かの中に入り込んで、自在に動かすほうを選ぶはずだと考えたんだ」

「まあ……」

奈緒は、驚きとも感嘆ともつかない声を出した。

自分が暁月屋敷への道を模索して走り回っていた頃、当真は先のことを見据えて迅速に行動していたのだ。

やっぱり、奈緒と彼とでは見ているものが違う——と、つきんと胸が疼く。そのまま気持ちが萎えそうになるのを、なんとか踏ん張って持ち直した。

だからといって諦めて立ち止まってしまったら、それこそこの場所から進めない。

「トーマは足で、ワシは翼で、交代で森の番をしながら、手分けして東京中を奔走しておったのだぞ。疲れたのう」

思い出すだけでげんなりしたのか、赤月が首を縮める。お年寄りには過酷だっただろうと、奈緒は指でその小さな頭を撫でてやった。

「でも、東京以外の、もっと遠いところへ逃げた可能性だってあったんじゃ……」

「それはないな。人の多さ、地形、急激な変化によって生じた歪み、それらすべてを合わせて考えると、最も魔を惹きつけるのはやっぱり東京だ。二百年以上閉じられた国の中で、あらゆるものがこの場所に集中した。ここはいわば、蠱毒《こどく》の壺《つぼ》の底のようなものだ。妖魔たちにとって、これほど居心地のいいところはないだろう。早く力を得たいと考えているならなおさら、東京から離れることはない。……それにきっと、この『あやしの森』からもできる限り離れたくないと思っているだろうし」

付け加えられた最後の言葉に、隣の須弥哉が小さく身じろぎした。

「で、ようやく見つけたのが、あのトラマツという男だったわけなのだ」

赤月がそう続けて、奈緒は「えっ」と声を上げた。

「どうしてあの男が妖魔憑きだと判ったの？　影に異常はなかったはずだけど」

「あの周辺で、若いオナゴが何人も、神隠しに遭ったように次々と姿を消しているという噂を拾っての。人間たちは、カラスの前だと声もひそめずにそのテのことを喋るから助かる。……それに、どうして判ったとはこちらの台詞だ。ナオたちはどうやってアヤツに辿り着いたのだ？」

「黒豆が警告してくれたから……」

その返事に、赤月は「なるほどのう」と首を伸ばして、奈緒の影を覗き込んだ。

「警告というのは普通『近寄るな』というものだと思うが、ナオは逆に、寄っていってしまうのだな。これではトーマが、猫妖魔をナオの影に入れた意味がない。むしろ、意図に反しておる。だったらやっぱり、従属を解いたほうがいいのではないか？」

「だめ、だめよ」

奈緒は慌てて手を振った。

暁月屋敷に行けなくなり、導き手の羽根がただの羽根となってしまってから、黒豆は自分に残された数少ないよすがだったのだ。寂しくなったら話しかけ、落ち込んだ時には癒されて、どれほど精神的に救われたか判らない。小さな猫妖魔はすでに奈緒にとって、かけがえのない存在になっていた。

肩の上の黒豆が「ぎゃう」と鳴いて、奈緒の顔に身をすり寄せる。よしよしと手の影を動かして撫でたら、誇らしげにぴんと尻尾を立てた。

「コヤツ、『ここは自分の場所だからオマエには渡さん』と主張しておる」

「そんなことないわ」

「こちらを見て、ふふんと笑っておるぞ」

「気のせいよ」

「だから猫は嫌いだ……」

赤月は拗ねたように言って、奈緒の膝の上でますます丸くなってしまった。猫嫌いの年寄りカラスは、どうにかして黒豆を排除したいと考えているらしい。

当真がやれやれというようにため息をつく。

「もう諦めろ、赤月。力のない妖魔とはいえ、ここまで手懐けられたら、従属を解いたところでこいつは奈緒の影から出ていかない。それに、あの『人喰い』がこれからどんな動きをするか判らない今、黒豆は絶対に必要なんだ」

もしかして、それを見越した上で当真は黒豆を残したままにしていたのだろうか、と奈緒は思った。影針だって、未だに自分の手元にある。

近くに当真がいなくても、それらで身を守れるように。

——突き放されはしたが、見放されたわけではなかった。

「それで当真たちも、寅松を見張っていたのね？」

話の舵を戻して問うと、当真が頷いた。

「正確に言うと、おまえたちがあの男に目をつける前からな」

一体どこで見張っていたのかしら、と首を捻った。気配を消すという点では、当真も須弥哉と同じくらい上手らしい。

そうしてこっそり寅松を監視している時に、横から飛び込んできたのが自分たち二人だった、というわけだ。さぞ驚いたことだろう。

「ひょっとして、わたしが金正に近づいていったのも……」

「見てた」

「身を隠して寅松の動向を窺っていたのも」

「見てた」

気のせいか、短く答える当真の声と横顔が非常に不機嫌そうだ。

「それはもう、トーマがヤキモキしておってのう」

赤月の言葉に、奈緒は申し訳なくて両肩をすぼめた。

途中からやって来て監視対象の周りをウロウロされたら、確かに目障りであったに違いない。せっかく見つけた手がかりなのに、一つ間違えば、奈緒たちの行動で何もかもが台無しになっていたかもしれないのだ。

当真が見ていることも知らずに、彼に知らせるかどうかで揉めていたというのも、今思うとひどく間が抜けている。

「ご、ごめんなさい。でも、知らなくて」

「見張っている間、ずーっとぶつぶつ言い続けておったぞ。危ない、何してるんだ、くっつきすぎだ、となｏだからワシがあれほど……」

「くっつきすぎ？」

何に？　と訊ねようとしたら、横から伸びてきた手によって強制的に嘴を塞がれ、赤月はバサバサと羽を動かして暴れた。

「なあ、さっきから言ってる、その『人喰い』ってのは何なんだ？」

ちっとも進まない話に焦れたのか、須弥哉が割って入ってきた。

「寅松から出てきた、あの得体の知れない妖魔のことだろ？　ありゃ一体なんだ？　明らかに普通の妖魔とは一線を画していた。あんたたちは、あのバケモンと前もやり合ったということか？」

もっともな疑問だが、それに答えようとすると、他のこともいろいろと説明せねばならなくなる。その可否を判断する権限は自分にはないと思ったので、奈緒は当真に顔を向けた。

当真はしばらく口を噤み、それから小さなため息をついた。

「――だったら聞くが、『普通の妖魔』とはなんだ？」

「は？」

質問に質問で返されて、須弥哉が目を丸くする。そんなの――と言いかけてから、それについての明確な解答を持っていないと気づいたのか、もごもごと口を濁した。

「何って……妖魔は妖魔だろ」

「そうだな」

ほとんど意味のないその返事に頷いて、当真は視線を空中に向けた。

「妖魔は妖魔。俺もずっとそう考えていた。人の影に入り込み、取り憑いて悪事をなす、それが妖魔だと。俺がするのはやつらを封じることだけで、それ以上のことを考える必要はないと思っていたんだ」

当真の父、先代当主が生きていればまた違ったのかもしれないが、彼は息子が十歳の時、妖魔に呑み込まれてこの世を去ってしまった。本来なら先代から口伝で受け継がれる様々なことを知らないまま、当真は妖魔退治だけを担うことになったのだ。

「だが、それだけじゃいけないことに、嫌でも気づかされて」

ちらっと奈緒の顔を見る。

「妖魔について徹底的に調べることにした。この屋敷には、ずっと昔から保管されている文献がどっさりあるからな。以前も読もうとしたことはあったが、古いし難解だし、あちこち傷《いた》んでいるしで、途中で諦めて放り出していたんだ。それをもう一度引っ張り出して、片っ端から目を通していった」

はるか昔から存続してきたという暁月一族。数百年も前の文献なんて、解読するのも苦労しただろう。

「まあ、大半は読めなかったが」

その言葉に失望のため息を漏らした須弥哉を、赤月がジロリと睨む。

「何日も部屋に閉じこもり、ろくすっぽ眠りもせずに、次から次へと黴《かび》臭い文書を漁り続けたトーマを責めるでない。ものによっては、開いた途端にボロボロ崩れるようなのまであったのだ。トーマは根気よく、粘り強く、それらと向き合ったのだぞ」

「ええ、大変だったでしょうね」

奈緒は大きく頷いた。

よく見れば、当真は以前よりも頬肉が削げて、顎が尖っていた。そのためか、彼の持つ鋭く強靱《きょうじん》な雰囲気がさらに増している。この静かな暁月屋敷の中で、当真は一人、過去の膨大な記録を掘り返すという作業に取り組んでいたのだ。

当真が目を逸らし、ボソッと何かを小さく呟いた。それは聞こえなかったが、続けられた言葉はちゃんと耳に届いた。

「……だが、妖魔というのが何なのかは、多少理解できた」

「妖魔というのが何なのか？」

妖魔は妖魔、自分もそう考えていた奈緒は、首を傾げて繰り返した。最初に赤月から聞いたのは、「闇から生まれ出づる異形のモノ」という、それだけだったはず。

当真がこちらを向き、奈緒と目を合わせた。

「──妖魔とは、『死者の恨み』が形をなしたものだ」

「死者の恨み？」

「遺恨、憎悪、怨嗟《えんさ》、怨念、といったところか。人間がそういう感情を抱いたまま死ぬと、肉体は滅んでも、その強い念だけがこの世に残る。それが大地に染み込んで、黒い影となり、妖魔となるんだ」

「……怨霊みたいなもの？」

「少し違うな。非業の死を遂げて成仏できない人間の霊魂、それが怨霊だ。妖魔は、死者たちが残していった恨みつらみが集まり、凝り固まって、魔性に変じたモノのことを指す」

「死者たちが残していった……」

奈緒は呟いた。

恨みというのは、それほどまでに激しい感情なのか。肉体が滅し、魂と切り離されてもなお、べったりと地面に張りついてしまうくらい。

「妖魔と化したそいつらは、負の感情を心に溜め込んだ人間に引き寄せられる。自分の同類のようなものだから一つになろうと思うのか、そうやって失くした肉体をまた得ようとしているのかは判らない。だが、持ち主不在の、しかも複数が絡み合った恨みなんて、どうやっても晴らしようがないし、消すこともできない。無理に潰そうとすれば、さらに恨みが増して大きくなる。それで、妖魔を『封じる』暁月一族が生まれた――そういうことなんだと思う」

「……あ」

率直に言うと芯から納得できたわけではないのだが、奈緒はその話で腑に落ちたことがあった。

妖魔を封じるという「穴」だ。

結界に囲まれた大楠……その下にある岩の裂け目の前には、小さな鳥居があった。鳥居は神域への入り口であり、門である。そして当真は、あの穴は黄泉《よみ》の国に通じている、と言っていた。

暁月一族の使命とは、この地に取り残された恨みの念を、あの穴から死者の国へと送ってやることなのではないか。

浄化することも、祓《はら》うこともできないのなら、そうするしかない。

「闇から生まれ、闇へと還る」——現世《うつしよ》の闇から生まれ、隠世《かくりよ》の闇へと還る、ということだ。

では、もしもあそこが破壊されたら、帝都には恨みや憎しみの念ばかりが溜まっていくことになるのか。そう考えて、奈緒は心底から恐ろしくなった。

「じゃあ、あの『人喰い』も」

「あれは……」

言いかけたところで、須弥哉がまた「だから、その『人喰い』ってのは何なんだって」と苛々したように口を挟んだ。

当真を見ると、仕方ない、というような顔で顎を小さく動かしている。「話してやれ」という意味だと受け取って、奈緒は須弥哉のほうを向いた。

「『人喰い』というのはね……」

十年前、先代の暁月家当主であった当真の父、そして母を呑み込んだという巨大な妖魔だ。以前は美しい娘の姿で奈緒の前に現れ、赤月を捕らえて再びあやしの森へとやって来た。当真が刀で斬っても封じることはできなかったのに、なぜか奈緒の鞘での一撃で急に弱り、退散してしまった——

その説明に、須弥哉は唖然とした。

「待て待て……ちょっと頭が追いつかない……」

片手を広げ、もう片方の手で自分の頭を押さえながら、困惑した声を出す。額には薄っすらと汗が滲んでいた。

「人間の形になり、自我を持ち、言葉を喋り、世間の中に混じる妖魔だと……？　そんなこと、あり得るのか？　いやそもそも、そいつは本当に妖魔なのか？」

「自我といっても、喰った人間の情報からつくられただけのものかもしれないがな。だが、妖魔であることは間違いない」

当真の返事に、さらに目を剝く。

「ただ……」

ぽつりと続けて、当真が考えるように視線を流した。

「あいつの中には、何か『核』のようなものがあるんじゃないかと思う」

「核？」

奈緒と須弥哉の声が重なる。

「恨みの念の集合体、それが妖魔だ。だがあの『人喰い』の場合はおそらく、その集合体の中心に、別のものがある。より強力で、そこらの妖魔よりも格上の『何か』だ。もしかしたらそれこそ、何者かの怨霊、という可能性もあるが」

「突然変異の妖魔ではないということ？」

「さあ……」

当真は曖昧に言ったが、ぐっと眉根が寄っていた。

「その核の正体が摑めなければなんとも言えない。もしかしたら、そういう妖魔が出てきたこと自体が、変異なのかもしれない。俺たちは連中を感知する能力が高いからあまり実感できないが、長い目で見れば、妖魔は昔と比べてどんどん数を減らしているんだ。時代の移り変わりと文明の発展に従って、これからも衰退していく一方だろう。『人喰い』は、その結果の産物なんじゃないかという気もする」

奈緒は戸惑って、口を噤んだ。

妖魔が衰退していった結果生まれた、新たな妖魔……？

「要するに、あいつが他の妖魔とは違う、異常なバケモンであることには変わりないんだろ」

須弥哉が乱暴なまとめ方をして、ずいっと身を乗り出した。奈緒を隔てた先の当真を睨みつけ、きつい口調で問いただす。

「そいつがどうして、奈緒のたった一撃で弱ったんだ。おかしいじゃないか、当主の持つ刀さえ通用しなかったっていうのに」

そんなことは認められない、という言い方だ。彼は一度意地を張ると、ひどく頑固になることがあるので、奈緒はハラハラした。

当真は少し無言になった後で、こちらを向いた。

「おまえは判るか？」

「えっ……ごめんなさい、さっぱり」

実を言えばその疑問は、奈緒にだってずっとあったのだ。だがまったく判らないので、偶々だったのだろうと思い込むしかなかった。そもそも、あの時の記憶はやけにおぼろげにしか残っていない。

「自分で言っていただろう」

「じ、自分で？」

何を言ったっけ？

「……佐吉《さきち》の件の時に、妖魔が厭《いと》うのは『愛情と良心』ではないかと」

当真に言われて、ようやく思い出した。

心に闇を抱えながらも、妖魔に憑かれることはなかった佐吉。罪は犯したが、ギリギリ一歩手前のところで踏みとどまっていたのは、彼が母親の形見の櫛をどうしても手放せない人だったから。その「愛情と良心」を、妖魔は厭うのではないか、と。

確かに言った。

「負の感情くらい、人間なら大なり小なり誰にだってある。だが、妖魔が取り憑くかどうかの分かれ目は、そこなんじゃないかと思う。たぶん妖魔は、その二つを持ち合わせていない者、あるいは何かのきっかけでそれを放り捨ててしまった者を狙うんだ。捨ててしまったものを取り戻せば、妖魔はそこから弾き出される。俺は間違っていた。恨み憎しみの念から生じた妖魔に、同じような恨み憎しみをぶつけたって倒せるはずがない。奈緒はあの時、恐怖も絶望も追いやって、俺を庇い、守ろうとしてくれた。その強い心が、やつに痛撃を与えたんだろう。だが——」

そこで声が小さくなり、目を伏せる。

「……それだけじゃだめだ。『正しさ』であいつを弱らせることはできても、それ以上のことにはならない。もっと他に何かが必要なんだ」

「当真……」

彼が必死に妖魔について調べていたのは、その答えこそが欲しかったからなのかもしれない。

「は、とんだ甘ちゃんだな」

須弥哉が鼻を鳴らした。

「さっきから聞いてりゃ、あんたの話は推論ばかりだ。前回あのバケモンを逃がしてから、したことといえば勉強と探索だけとは、呆れてものも言えないね。大体、寅松の中に入っているのがそいつだと判った時点で、なぜもっと手を打たなかった？」

「今の俺では、あいつを封じられない」

その返事に、須弥哉がますます眉を上げる。

「自分に能力がないと認めるのか」

「今は無理だと言っている。だが、能力がないと言われればそうかもしれない。俺には

まだ、足りないものがあるんだと思う」

向けられた挑発に、当真が感情的になることはなかった。足りないものがあると認め

るのは屈辱でもあるだろうに、その表情は静かだった。

自分の未熟さを受け入れるのは、きっと苦痛を伴ったはずだ。これまでの間、彼がど

れだけ葛藤を抱え、煩悶《はんもん》を重ねてきたのかと想像すると、胸が痛んだ。

しかし、須弥哉が追及を緩めることはなかった。

「だから寅松の時も、おめおめと目の前で逃げていくのを見過ごしたっていうのか。奈

緒がやつを弱らせることができるというなら、あんたはあの時、奈緒を利用しても見捨

ててでも、あの妖魔を倒す方法を見つけ出さなきゃならなかったんだ。それが暁月家当

主の責任ってものだろう」

「俺はそんな考え方はできない」

奈緒を助けたことを糾弾する須弥哉を、当真は真っ向から見返して反論した。

間に挟まれた奈緒は、うろたえながら二人を交互に見やった。論点になっているのが自分のことでもあるので、迂闊に口を出せない。

当主の責任として、奈緒を犠牲にしても「人喰い」を倒すことを優先させるべきだった、と言われればそうかもしれないと思う。しかしそれをはっきりと否定する当真を見て、やっぱり彼は彼だと安心する気持ちもあった。

「暁月の現当主は、無能な上に腑抜けというわけだな。よく判った。こんなやつとは話をする価値もない。俺はもう帰らせてもらう」

憤然と息を吐き出して、須弥哉は竹刀袋を手に勢いよく立ち上がった。

「ちょっと、須弥哉！」

驚いて声を上げたが、彼はこちらを一顧だにせず、そのまま背中を向けて屋敷の門へと一直線に向かっていく。

後を追うため、奈緒は慌てて赤月を自分の膝から肩に移動させると、縁側から立ち上がった。

「放っておけ」

「そういうわけにはいかないでしょ」

「なんでだよ」

不満げに唇を曲げた当真に対し、奈緒は呆れて腰に両手を当てた。

「何言ってるの、だって須弥哉は羽根を持っていないのよ。このままじゃ延々と森の中を彷徨うことになるだけじゃない」

その返答に、当真は目を瞬いた。

はあー、と大きなため息をつき、渋々ながら横に置いてあった刀を掴む。

「俺も行く」


一体どこまで進んでいってしまったのか、屋敷を出て森に入っても、須弥哉はなかなか見つからなかった。

「きっと今頃、言いすぎたって反省しているわ」

「それはない」

「それはないだろうの」

取りなすように出した言葉は、当真と赤月によってバッサリと切って捨てられた。実際、須弥哉が本気で反省したところは見たことがないので、奈緒もそれ以上は言えずに黙り込む。

あやしの森は相変わらず静寂に満ちていた。長い間、暁月屋敷への道を見つけようと一人で歩き回ったこの場所に、今は二人分の足音が響いているのが、なんだかくすぐったかった。

「ね……当真」

「ん？」

名を呼べば、すぐに隣から返事がある。たったそれだけのことで、少し泣きそうだ。

自分はこの場所に戻ってきたかったのだと、心からそう思った。

「ずっと、『人喰い』を探したり、調べ物をしたりしていたのよね？」

「ああ」

「わたし……邪魔だった？」

ピタリと当真の足が止まった。奈緒もその場に立ち止まる。

無音の森の中、二人で向かい合った。

「確かになんの役にも立てないだろうし、お手伝いだってできなかったかもしれないけど、屋敷への道を閉ざしてしまうほど、わたしのことが邪魔だった？　忙しいからしばらく来るなと言われれば、そのとおりにしたわ。少しは文句を言ったかもしれないけど。でも、そんな手間さえかけたくなかったということ？　説明も、事情を話すのも、その必要はないと思うくらい、当真にとって、わたしはどうでもいい存在だった？」

「違うぞ、ナオ。トーマはな……」

「赤月、わたしは当真の口からちゃんと聞きたいの」

奈緒が言うと、肩の上の赤月は「ム」と困ったように嘴を閉じた。

当真は黙っている。鞘を握る左手に、ぐっと力が込められたのが判った。言いたくない、というより、自分の中にあるものをどう言葉にすればいいのか考えているように見えた。

視線を下げ、ぼそりと言う。

「……どうでもいい存在だったら、そもそも苦労して妖魔のことを調べようという気になるもんか」

それから改めて、当真はこちらに向き直った。

「思い出したんだ」

「思い出した？」

「十年前、『人喰い』に襲われた時のことを。母親に抱かれて逃げたところから記憶がない、と話しただろ？」

奈緒ははっとした。当真の夢に入った時のことが、さあっと脳裏に蘇る。

あの夢の続き――

「奈緒が鞘を手にして、俺の前に立った時だ。あの背中と、母親の背中がくっきりと重なって、その瞬間何もかもを思い出した。十年前、よく似た状況で、俺はこれとまったく同じものを見たと」

十年前、当真の父親が「人喰い」に呑み込まれた後。

一人で逃げることを拒む息子を抱き、母親は森の中を駆けた。しかし屋敷に辿り着く前に、追いつかれてしまった。

前方に立ち塞がった巨大な闇のような妖魔が、もぞもぞと蠢《うごめ》く不気味な触手を伸ばしたのは、母ではなく、まだ幼い当真のほうだった。

「母親は俺を庇って、妖魔に対峙した。刀も他に武器になるようなものもない、完全に素手のまま。母親はもともと病弱で、いつも父親と俺の心配ばかりしているような人だった。分家の血を引いていても、際立った能力があったわけでもない。妖魔を前にどれほど怖かっただろうと思うのに、その時の母親は『息子は絶対に死なせない』と、毅然とした強い口調で言いきっていた。次代の暁月家当主を残さないといけない責任感から、という理由ではなく、ただ息子に対する愛情から……だったと思う」

「ええ」

奈緒は力強く頷いて同意した。きっとそうだ。夢の中の彼女は、ひたすら我が子の幸せと未来を願っていた。

「結果として、その命を懸けた愛情が俺を救った。それまで何をしてもまったく痛手を負うことのなかった妖魔が、母親を呑み込んでから、すぐに苦しみ始めたからだ。奈緒の時と同じだ。内部から白い光が放出されて、収縮を繰り返し、のたうち回っていた。最終的に、現れた時とは比べ物にならないほど小さく萎んで、やつは逃げていった。そして俺はその姿を見ながら、意識を失った」

目覚めた時には父と母の姿はなく、当真は途中からの記憶を失っていた。

子どもの心と頭に、母が自分を守って死んだという事実は荷が重すぎたのだろう。それで無意識に、その記憶を胸の奥深くに沈めてしまった。

思い出さなければそれでもいいと、赤月も思っていたのかもしれない。

「だが、母親が自分を犠牲にしても、やつが消えることはなかった。奈緒があいつに与えた打撃も、致命傷にはならなかった。逃げる前に『次は必ず』と言っていたから、いずれあの『人喰い』は、再びここに来るだろう。その時また同じことが繰り返されて、今度こそ奈緒が呑み込まれたらと思うと……怖くなった」

常に強気で、どんな妖魔相手にも臆することなく立ち向かっていく当真が。

怖くなった、とそう言った。

「だから暁月から離すことにしたんだ。せめて、あいつを封じる手立てが見つかるまで——そう思って」

見つかるまでどれだけかかるかも判らない。数年……もしかしたら、もっとかかるかもしれない。

そんな方法は、いくら探しても見つからないかもしれない。

「……それでもいいと思っていた。一族とも使命とも無関係なところで、奈緒が幸せになる道を見つけられたなら。今さら、分家の義務なんてものに縛られる必要はない。裕福な家がちゃんとあるんだから、そこでつつがなく暮らせばいい。女学校に通って、友人たちとお喋りして、甘いものでも食べて」

「何もかもを胸の中にしまい込んで、誰か知らない人のところにお嫁入りして、子どもを産んで、すべてを思い出にして年を取っていけばいいと？」

少し尖った声で続けると、当真が口を閉じた。

奈緒は視線を下に落とした。

「わたしだって、思ったわ。本当にそうできたなら楽になれるのに、って」

「そうだのう。ナオは一向に、諦める様子がなかったからの。ギョウゲツ屋敷への道を探し続け、いつの間にやら妖魔に関わって、避けるでも逃げるでもない。それどころか勝手に解決していることさえあった。ワシもトーマも、何度も肝を冷やしたぞ」

「やっぱりわたしのこと、どこかで見ていたのね」

「心配だったからの。『人喰い』がナオを狙わんとも言いきれんし。……言っておくが、ワシはこんなやり方はよくない、ナオが傷つくだけだと、最初から何度も忠告しておったのだぞ。スミヤが出てきてからは余計にトーマがピリピリして、だから言わんこっちゃないと……」

「あっ」

奈緒はそこで、自分たちがここにいる理由を思い出した。

「そうだわ、話は後にして、まずは須弥哉を捜さないと」

そのほうが落ち着いて話ができるだろうと思って言ったのだが、当真はムッとした顔になった。

「そんなにあいつが気になるのか」

「当たり前じゃない。須弥哉はわたしと同じ分家の血筋で、これから当真の助けになってくれるかもしれない人よ。気持ちが落ち着いたら、改めて話し合いましょう」

「断る。勝手に来て勝手に帰ったやつなんて、俺の知ったことか」

「もう……どうしてそんなことを言うの。そりゃあ、須弥哉の態度も悪かったかもしれないけど、きっと一度にいろいろ聞かされて、混乱していたんだわ。少し軽薄なところはあるけど、悪い人じゃないのよ」

宥めるように言ったら、当真がさらに不愉快そうに眉根を寄せた。

「ナオ、そのへんでやめておけ。どう考えても逆効果にしかならん」

「でも赤月、せっかく分家の……」

「いいか奈緒、これだけは言っておくが、分家の末裔だからって、それは『信頼できる』ということと同義じゃない。――あの男に、あまり気を許すな」

それだけ言うと、当真は憮然《ぶぜん》として明後日の方向を向いてしまった。その横顔からは、もう何も言う気はないという頑なな決意だけが見て取れる。

奈緒はため息をついた。

「……当真、なんだか以前よりも偏屈さが増していない？」

こっそり声をひそめて耳打ちすると、赤月はバサッと翼を大きく広げた。

「ナオ、知らんのか。ギョウゲツ家の男はみんな、特定の相手に対して、ものすごく心が狭いのだ」

「初耳だわ」

「トーマの父も祖父も、それでよく妻に叱られておった。――しかしのう、スミヤに限って言えば、なにも個人的感情ばかりで警戒しているわけではないぞ」

「どういう意味？」

びっくりして目を見開く。赤月の黒々とした瞳が、こちらを向いた。

「あの男は、ナオと会う前から、何度もこのあやしの森に入っているのだ。毎回長い時間をかけて、何かを探すようにな」

「だからそれは、暁月屋敷を……」

「もしも本当に当主に会いたいだけなら、それこそ大声で呼びかければよいのではないか？　ナオも手紙を結んだ時、そうしただろう。ここにいるのはカチ家の末裔だと、堂々と名乗りを上げればよい。スミヤはそれらの手順をすっ飛ばし、やたらとナオの周りをうろつき出して、急速に距離を縮めようとした。それにも何か目的があるのではないかと考えるのは仕方あるまい。ナオだって、相手が分家の血を引いた人間でなければ、こうまで頻繁に顔を合わせるのは不自然だと思ったのではないか？」

奈緒は顔に当惑を浮かべて、赤月を見返した。

須弥哉の目的？

東京に来たのは、暁月家の現当主に会うため、話を聞くためだと、本人が——

そこで思い出した。彼が奈緒から聞き出そうとしていたのは、なにも当真についてばかりではなかったことを。

あやしの森の秘密。ここに隠されている「大事なもの」について。

そこまで考えた時、ヒュッと空を切る音が聞こえた。

「え——」

寅松の時のことが脳裏を過って一瞬竦んでしまった奈緒は、すぐさま当真によって強い力で突き飛ばされた。

吹っ飛ばされるようにして倒れ込むと同時に、勢いよく振り下ろされた木刀の先が近くの地面に叩きつけられる。

驚いて振り仰ぐと、怖い顔をした当真が左手に握っていた鞘から刀身を引き抜こうとしているのが見えた。しかしそれはすぐに、間を置かず放たれた一打によって阻止された。

ガッ、という鈍い音がして、払い上げられた刀が、鞘ごと離れた場所に弾き飛ばされる。

通常の攻撃であったなら、当真は抜いた刀で返すか身をかわすかして、応戦できていただろう。しかし、耳が音を拾うまで相手の気配に気づけなかったこと、そして先に奈緒を庇ったことで、反応が遅れた。

あっという間に、当真は空手の状態になってしまった。

「……だから言ったんだぜ、とんだ甘ちゃんだとな」

自分たちの背後に、木刀のみねでトントンと軽く肩を叩いている須弥哉がいるのを目にして、奈緒は茫然とした。

「あんたら本当に、仲がいいんだか悪いんだか、よく判んねえなあ」

そう言って足を動かし、飛ばされた黒鞘の刀を拾い上げる。当真は黙ってその様子を見つめていた。

「須弥哉、どうして……」

その場にへたり込んだまま、震える声を出す奈緒に向かって、彼は小さく苦笑した。

「悪いな、奈緒」

「ど……どういう、こと？」

「どういうこと、か」

繰り返すように呟いて、手にした刀に視線を向ける。

そして、低い声で言った。

「──俺は、影になりたくないんだよ」

知っている。「自分の人生は自分だけのもの」と考えて勝家を出た父親と同じく、誰かの影として一生を過ごすのは御免だと語っていたことを、奈緒は覚えている。

……でも、それでどうして？

「俺の親父は、結局のところ、ただの敗残者だった」

自分の父親のことを「敗残者」だと決めつける須弥哉の目は、ひどく醒めていた。

「本当は、親父こそ、誰よりも暁月家に憧れて、影として当主に仕えたいと夢見ていたんだよ。妖魔退治を使命とする一族、その中でも特殊な位置にある勝家の一員であることが、なによりも誇りだった。俺の親父は『自分が特別な存在である』ことに人生の意義を見出す、そういう人間だったんだ」

そのために幼い頃から努力した。暁月家の当主になりきって優秀な影になれるよう、全精力を注ぎ込んだ。

——しかし彼には結局、勝家の能力は発現しなかった。

「カラスの言葉さえ聞き取れないっていうんじゃ、到底当主の身代わりなんて務まるはずがない。じいさんも落胆しただろうが、親父のほうがもっと絶望しただろうさ。これぱっかりは、努力だけでどうにかなるようなもんじゃないからな」

それで耐えきれなくなった須弥哉の父は、勝家から飛び出した。

「自分から見限ったなんて本人は言っていたが、実際のところそんなに勇ましいものでも恰好いいものでもなかった。親父はただ、逃げたんだ。跡継ぎでありながら能力がないという重圧と、自分が特別でもなんでもないただの人間であるという現実からな。だけどそれさえ自分では認められなかったから、過去の事実と自分の心情のほうを改竄《かいざん》した。……まあ、改竄したということを、親父自身がちゃんと認識していたかどうかは怪しいが」

父親に対して厳しいことを言っているのに、その声には感情がない。話が進めば進むほど、須弥哉の顔からは表情が抜けていった。

「勝家を出た後の親父は、まさに坂を転がるように落ちぶれていったよ。幼い頃から妖魔退治の特訓ばかり課されていた人間にとって、普通に働くことも容易じゃない。そもそも自尊心が高すぎて、他人に頭を下げられない。言うことだけは立派だが、人生の目標を見失った親父は荒んでいて、やることなすこと中途半端だった。そんなだから、俺を産んだ直後のおふくろからも三下り半を突きつけられちまってさ。親父は俺を連れて放浪するように各地を転々としたが、東京だけは避けていたね。なぜか判るかい？　暁月家に少しでも近寄りたくなかったからだ。自分の欺瞞《ぎまん》と惨めさを直視せざるを得なくなることが、親父にとっては最も恐ろしいことだったんだ」

ひどい生活だった――と、須弥哉は独り言のように呟いた。

「親父は言い訳のように何度も繰り返していたよ、『誰かの影になりたくなかった』とな。そう思い込むことで、今の自分を納得させるしかなかったんだろう。それを形にしたいばかりに、息子にも須弥哉なんてご大層な名前をつけて」

この広い広い世界で、己だけが中心であれ。

「――そんな親父は、俺に能力が発現したことを知ると、異様なまでに喜んだ」

どれだけ頑張っても自分は得られなかった、「特別な能力」。

息子がそれを持っていたことで、彼もまた特別な存在になれたと思ったのだろうか。

「すぐに道場に通わされてさ、それ以外にも夜中まで猛特訓だよ。暁月家当主のように、自在に刀を振り回せるようにならないと、ってね。だから俺の身体はいつも痣だらけだった。あれほど『うんざり』と言っていたじいさんの教えを、親父はそっくりそのまま俺に染み込ませたんだ。骨の髄まで」

須弥哉の父はいつも地面に視線を据え、小さな妖魔を見つけては、息子に木刀一本で容赦なく叩き潰させた。

消すことも封じることもできなかったが、妖魔が逃げていく姿を見るだけで大喜びしたという。自分の子が妖魔に勝った、と思ったのだろう。

どちらが上でどちらが下か。須弥哉の父はそこにばかりこだわっていた。妖魔というものが何かも知らず、物事の本質がまったく見えていないまま。

「なあ、奈緒、判るだろ？　俺こそ本当に、『うんざり』だったんだよ」

父親の願望を一方的に押しつけられ、見たこともない「暁月家の当主」と競わされて、妖魔を見つけては追い回す日々。

うんざりだった……と吐き捨てるように須弥哉はもう一度言った。

「親父が死んだ時、俺は自分の中に、でかい穴が開いていることに気がついた。暗くて深い穴だ。何もかもが虚しくなって、これから自分がどうしたらいいのかも判らなかった。じいさんもとっくに死んでいるし、勝家の再興なんざ興味もない。しばらく国内を廻ってフラフラしていたんだが、ふいに猛烈に腹が立ってきてさ」

本当に必要なのかどうかも判らない能力を磨くことばかり強要されて、突然放り出されたようなものだ。改めて自身を顧みたら、他のものは何も見つからない。

このままでは、自分の人生は父親に食い潰されたも同然ではないか。これでは一体、なんのために生まれてきたのか判らない。目的もなく、意義も見つけられず、自分もまた父親のような負け犬として、この先を過ごしていくことになるかもしれない。それだけは嫌だった。

「だったらいっそ、とことんまで親父の欺瞞《ぎまん》に乗っかってやろうと思ったんだよ。今度は自分の意志でな。俺は決して誰かの影にはならない。自分の人生は自分だけのものだ。世界の真ん中に、という親父の望みを叶えてやろうじゃないか」

須弥哉は口角を上げてそう言うと、摑んでいた黒鞘の刀の先を当真に向けた。

無機質な顔つきに、目だけが暗い光を放っていた。

「――俺が、暁月家の当主になる」

奈緒は息を呑んだ。

当真は何も言わず、表情も変えずに彼を見返している。

「須弥哉、あなた何言って……！」

「身代わりではなく当主に。分家ではなく主家に。影武者が本人に成り代わる。俺はそのために東京に来た」

迷いのない口調で言われて、奈緒は二の句が継げない。これまで彼と交わした会話がいっぺんに頭の中を駆け巡り、収拾がつかなかった。

どこまでが本当で、どこからが嘘だった？

須弥哉は刀を一瞥した。

「……当主だけが持つことを許される、この世で唯一の『妖魔封じの刀』。奈緒に近づいたのは、当主に直接会ってこの刀を奪い、暁月家に引き継がれるという森の秘密を手に入れるためだった。その二つが揃いさえすれば、俺が当主だ。そうだろう？」

「そのため？　最初から……？」

奈緒の声が揺れていることに気づいたのか、ずっと動かなかった須弥哉の表情が、その時になってわずかに歪んだ。

「そうだよ、侯爵邸で名乗り合った時から。分家の血を引き当主に近いということは、奈緒が伴侶になる娘なんだろうと判ったからな。……その時は本当に、ただ利用するだけのつもりだったんだ」

だった、と言ってから、彼の視線が座り込んだままの奈緒へと向けられる。

「奈緒、覚えてるか？　勝家の先祖の中には、当主の妻を寝取ってまで使命を全《まっと》うしようとしたやつがいるって話」

「ええ……」

「そいつと当主と妻は、子どもの頃から仲のいい幼馴染《おさななじみ》同士だったそうだよ。その頃は分家も七つすべてあって、互いに協力して妖魔退治に当たっていたんだから、そういうこともあるよな。年頃もきっと同じくらいだったんだろう。その三人組の中で、一人の男と一人の女が結ばれて夫婦になった。残されたのは分家の男だ、内心は複雑だっただろう。俺は、分家の男はたぶん当主の妻に横恋慕していたんだと思う。やったことは最当主に限り低だけど、そういう気持ちは確かにあったはずだ。……勝家の者の役割は、なく近づくこと。きっと、好きになる女も同じになってしまうんだろうな」

奈緒、と真面目な声で名を呼ばれて、肩が小さく跳ねる。

「俺と一緒になって、暁月家を継がないか？」

言われた内容が、奈緒は咄嗟に理解できなかった。意味が判ると、今度は大きな感情が膨れ上がって喉元まで一気に込み上げた。

当惑ではない。悲しみでもない。もちろん喜びでもない。

たぶん、いちばん近いのは「怒り」だ。

騙された、裏切られた、という怒りではなく、思いきり背中を突き飛ばしてやりたいような、少し情けなさを含んだ怒りだった。

「そんなこと……できないわ」

奈緒の返事に、須弥哉は特に落胆を見せなかった。その答えは聞かなくても判っていた、というような顔をしている。それでも瞳には一瞬、寂しげな翳《かげ》が差した。

「そんなにその男がいいのか？　ずっと奈緒を放っておいたようなやつなのに？　その気になれば、いつだって俺はそいつになれるよ。顔も似てるし、なにより俺にはその能力がある」

「須弥哉、あなた自分が何を言っているのか、本当に判ってるの？」

「俺は本気で――」

そうじゃない、と激しく首を横に振る。目からこぼれる水滴が宙に散った。

「その場合、わたしはあなたの顔の上に乗っている当真の幻を見るだけで、須弥哉本人を見ることはないのよ。本当にそれでいいの？　須弥哉と当真はまったく別の人間でしょう？　あなただって以前、俺は俺だ、と言っていたじゃない。須弥哉は暁月家の当主になりたいの？　それとも当真になりたいの？　当真のふりをして当主になったら、その時こそ須弥哉は真の『影』になってしまうわ。判ってるの？」

須弥哉はぽかんと口を半開きにした。目も見開き、その場に立ち尽くす。

奈緒に指摘されてはじめて、自分の矛盾に気づいたらしかった。

「……本当だ」

小さな声で呟いて、くしゃりと泣き笑いのような表情になる。

その顔を見て、奈緒もようやく気づいた。

須弥哉はずっと、自分の中に危うさを抱えていたのではないだろうか。

考えてみれば当然だ。

自分は自分でありたいという願いと、「人に認識されない、自分ではない誰かになれる」という能力は、その性質が互いにまったく真逆を向いている。

願いを叶えようとすれば幼い頃から叩き込まれた能力は不要になり、能力を使おうとすれば願いは封印せねばならない。相反するそれらは時に対立し、時に混ざり合って、徐々に須弥哉の頭と心を混乱させ、その精神をも蝕みつつあったのでは？

「——だったら」

須弥哉の口から、地の底から湧くような声が出た。

ゆっくりと鞘を払って投げ捨て、刀身を剝き出しにする。

輝く白刃を、食い入るように凝視した。彼の耳に声は届かず、据わった目にも他のものはもう何も映っていないように思えて、奈緒は身震いした。

「だったら暁月家の現当主を消せば、その時こそ、俺は俺になれるかな？」

「なっ……」

驚愕して口を開きかけたが、違和感を覚えてすぐに閉じた。なぜか急に、周囲の空気が変わったように思ったからだ。

須弥哉が刀を抜いた瞬間から、森がざわざわと騒がしくなった——気がする。音はしない。相変わらず生き物の気配はない。ここにいるのは自分たちだけで、他に話し声がするわけでもない。なのに、「何かがいる」という感じがする。

——命を持たないもの、人ならざるものが、蠢いているような。

視線を地面に向けて、声を上げそうになった。ぱっと立ち上がり、青い顔でぎゅっと両手を握り合わせる。当真に突き飛ばされた時に離れた赤月が、バサッと一飛びしてまた肩の上に戻ってきた。

「怖がらなくてもよいぞ、ナオ。コヤツらは、オマエには悪させんからの」

「これ……妖魔？」

風もないのに、地面に落ちた木々の影が小さく揺れていた。しかも、一部分ではない。葉の影が膨らみ、枝の影が伸び、幹の影が太くなる。自分たちを取り囲むすべての影が形を変え、動き、ぶるぶると震えていた。

それらがやがて、もぞりと身動きし、ゆっくりと移動を始めた。木の影から分離して、独立した小さな丸い影となり、まるで芋虫のようにぞぞと地を這っている。あちらからもこちらからも、無数の影がこちらへと向かってくるのを目にして、その気味の悪い眺めに奈緒は倒れそうになった。

「森に潜んでいた妖魔たちが集まってきたな」

当真はまったく驚いても動じてもいない。なんでもない口調で呟いて、地面を見下ろしている。

「こ、こんなに……」

ここが「あやしの森」と呼ばれる理由が、やっと判った。生き物の気配がないのも道理である。この森は、小さな妖魔たちの住処でもあったのだ。

奈緒はお腹の中で叫んだ。

じゃあ、「魔物が棲んでいる」という噂は本当だったんじゃないの！

「妖魔封じの刀」を持っているにもかかわらず、小さな妖魔たちはどういうわけか、須弥哉のもとへと集中的に寄っていった。須弥哉は妖魔のことは気にも留めず、手にした刀だけに目を向けている。

そして、奈緒はそこでも衝撃的な光景を見ることになった。

須弥哉が持つ刀。いつでも白く煌めいて、妖魔を封じた時にのみ黒くなる、その刃が。

……鍔《つば》のほうからじわじわと、血のような赤色に染まり始めているではないか。

柄を握る須弥哉の顔つきは、いつもの彼よりもずっと険しいものになっていた。雰囲気も張り詰めて、全身に尖った針を立てているようだ。

「安心しろ、武器を持たないやつを痛めつける趣味はない」

そう言って、反対の手で持っていた木刀を放り投げる。自分のすぐ前の地面に落ちたそれを、当真が身を屈めて拾い上げた。

「離れてろ、奈緒」

「待って当真、こんなこと……」

慌てて止めようとしたら、肩の上の赤月に軽く頰を突かれた。

「これは当主であるトーマがやらねばならぬことだ。邪魔するでないぞ」

「で、でも」

うろたえる奈緒を余所に、当真と須弥哉はそれぞれ木刀と刀を手に向かい合った。

「……この森に隠されているものはどこだ？」

そう訊ねる須弥哉の低い声も、普段とは違って聞こえる。

「今後は俺が、あやしの森の番人になる」

「それは本当におまえの意志なのか？」

当真は片手で木刀を構えて問いかけた。眼光は鋭いが、声の調子は落ち着いている。ちらっと地面に目をやった。

「ちゃんと考えろ。その言葉は妖魔に言わされているものじゃないのか？　もうすでに、おまえの影の中に入っていったやつがいくつかいる。ここに棲みついている妖魔は小物ばかりだから人に取り憑くような力はないが、百も二百も入り込まれたら、俺だってどうなるか判らない」

須弥哉の視線が一瞬、狼狽したように泳いだ。

「……ハッタリだ。妖魔封じの刀を持つ人間に、妖魔が取り憑こうとするなんてこと、あるわけない」

「おまえは刀を制御できていない。その濁った刀じゃ小物妖魔一体だって封じられないし、逆に引き寄せるだけだぞ。今の自分がおかしくなっていることも自覚がないのか。妖魔に操られているかどうかも判別できない人間に暁月家は背負えない、そう言っているんだ」

「黙れ!!」

冷ややかに言いきられて、須弥哉は激昂した。

跳躍するように距離を詰め、刀身を唸らせる。奈緒は思わず短い悲鳴を上げたが、大きな音を立てて当真はその攻撃を木刀で弾き返した。

須弥哉は続けざまに刀を振るった。長い刃が空気を切り裂くたび、ビュッという背中が冷えるような音が響く。当真は冷静に、そして冷淡に、自分に向かってくるその一撃一撃を正確に払いのけた。

奈緒はそこから目を逸らすことも、閉じることもできない。蒼白になってその場に立ったまま、息を詰めて二人の戦いを見ていることしかできなかった。

こうなったらもう、止めることも間に入ることも不可能だ。

「勝ったほうが当主の座と奈緒をもらう。判りやすくていいだろ？」

刀を振りながら口の端を上げて須弥哉がそう言えば、

「奈緒は物じゃない」

と、仏頂面の当真が木刀で打ち返しながら言う。

二人とも何を言ってるの、と奈緒は泣きながら地団駄を踏みたくなった。これは遊びではない。須弥哉の持つ刀が少しでも当真の身体を掠めたら、それだけで大怪我を負うかもしれないのに。

「ナオ、そう心配せんでもいい。トーマが劣勢に見えるか？」

全身を震わせ、立っているのがやっとという状態の奈緒に、赤月が言った。

「今のスミヤには、口で言っても判るまい。何事も実際に経験せねばのう」

目の前で行われているのがただの訓練であるかのような、のんびりとした口調だった。

「しっかりと見届けてやれ」

奈緒はそれでなんとか、両足を踏ん張る力を取り戻した。

顔を上げ、激しい剣戟《けんげき》を交わす二人を見る。素早く目まぐるしい動きを、必死になって追いかけた。

奈緒は素人だからよく判らないが、彼らの力は互角に近いように思えた。というより、当真は最初からほぼ防戦一方なのに、息も切らさず平然としていて、余裕があるように見えた。

日本刀と木刀とでは明らかに差があるはずなのに、不思議と当真の持つ木刀は折れることも斬られることもなく、須弥哉の刀を難なく撥ね返している。

重い刀を振り回す須弥哉のほうが、ずっと消耗していた。速度が落ち、足さばきが乱れ、最初ほど腕が上がっていない。呼吸は荒く、顔も汗びっしょりだ。攻撃しているのは彼のほうだというのに、強い力で返してくる当真の勢いに押され、じりじりと後ずさりしつつあった。

「くそ……」

顔に貼りつけていた薄笑いが剝がれ、ぐにゃりと曲がった唇から呻き声が漏れる。

苦戦する須弥哉の足元には、どんどん小さな妖魔が集まってきていた。周りを取り囲み、彼が倒れ伏すのを今か今かと待ち構えているようだった。

刀身は、もう先端まで真っ赤に染まってしまった。

「須弥哉！」

たまらなくなって、奈緒は大声で叫んだ。

須弥哉がびくりと小さく身じろぎする。

「もうやめて！　このままでは本当に、あなたがあなたではなくなってしまうわよ！」

涙交じりのその声に、彼は一瞬動きを止めた。その隙を逃さず、身を低くした当真の木刀が手元を狙い定めて、下から鋭く打ち据える。

握る力も弱くなっていたのか刀はあっさりと須弥哉の手から離れ、上空へと高く弾き飛ばされた。

くるくる回りながら落ちてきた刀は、まるでそれ自体に意思があるかのごとく、そのまま当真のもとへと向かった。上げた右手へと吸い寄せられるように勢いよく収まり、当真がぐっと柄を握りしめる。

その途端、まるで根元から拭い取るように、すうっと刀身の赤が消えていった。本来の白さを取り戻し、眩いほどの輝きを放つ。

当真は刀をくるっと廻して握り直すと、切っ先を下に向け、地面に強く突き立てた。

ドン、と地響きのような音が鳴り、須弥哉の周りに群がっていた小妖魔が、波が引くようにざあっと一斉に遠ざかった。

再び木々の影の中に引っ込んで身を隠し、完全に見えなくなる。

葉も枝も、影はちらりとも揺れない。

あやしの森はまた元どおりの、生き物の気配のない静謐《せいひつ》な場所に戻った。

妖魔が当真と刀に屈服した——奈緒にはそのように見えた。須弥哉もその成り行きに啞然としている。

当真は放り出されていた鞘を拾うと、その中にかちんと刀身を収めた。

「数百年もの間、妖魔を吸い続けていた刀だぞ。すでにこれ自体が妖刀なんだ、己が認めない相手には牙を剝く。……『森に隠されているものはどこだ』というおまえの質問に、俺が答えたとして」

淡々と言って、肩を竦めた。

「その場所は結界によって囲まれ、普通のやつには見ることもできない。結界を解除できるのは、刀を従わせられる者だけだ。それでも森の番人になりたいか？」

妖魔を封じる穴のある大楠まで行き着くためには、「妖魔封じの刀」を使いこなせるのが条件、ということだ。

守るべきものを見ることもできない人間に、番人は務まらない。刀の澄んだ光を赤く濁し、妖魔を遠ざけるどころか引き寄せてしまった須弥哉には、その資格がない。

暁月家の当主になるためには、ただ妖魔封じの刀を持ち、森の秘密を知るだけではだめなのだ。

本人がそれをきちんと納得できるよう、当真は彼に刀を持たせたのだろう。

須弥哉の膝ががくんと折れた。

両肩を落とし、深くうな垂れる。

奈緒はそろそろと寄っていったが、さきほどまでの剣吞な凶暴さは消えていた。顔は見えないが、少しして聞こえてきたのは「……あーあ」という気の抜けた声だ。

いつもの彼に戻ったことが判って、ホッとした。

肩の上で赤月がぴょんと飛び跳ねる。

「トーマが何年この刀と付き合ってきたと思うのだ？　強い弱いの問題ではない。おのおの力の種類が違い、使いどころも違うということだ。どちらが上で、どちらが下というものではあるまい」

奈緒もその言葉に心から同意した。

「本当にそうよ。須弥哉には須弥哉のいいところがたくさんあるわ。当主にならなくたって、あなたの持つその能力で、助けられた人もいたじゃない。わたしはそれを、ちゃんと知ってる」

後ろから、「なんでそいつには甘いんだ」と当真が不満そうに呟く声がしたが、この際なので聞こえないふりをした。

「これからも協力し合いましょう、ね？」

そう言うと、のろりと須弥哉が顔を上げた。

こちらに向けられる目は、普段と同じ、ちょっと皮肉げな色をたたえたものだ。

彼が奈緒を見て、背後の当真を見る。

はあー、と大きなため息をついた。

「いや……やめとく」

「どうして？」

まだ何か気に入らないことがあるのかと訊ねたが、須弥哉は口を尖らせ、ふてくされたまま答えない。その代わりに、当真が「別にそんなやつの協力なんて必要ない」と不愛想に言った。

振り返ると、そちらはそちらでそっぽを向いている。どうしてそう仲が悪いの、と奈緒は頬を膨らませた。

「そんな意地の張り合い、やめましょうよ」

「言っておくが、圧倒的に悪いのはそいつだからな」

「だから仲直りして、これから……」

「子どもじゃあるまいし。まずは海よりも深く反省しろ、話はそれからだ」

「反省してるわよ、たぶん」

「この顔と態度で信じられるか」

「どっちが子どもよ……大体、当真はそんなに偉そうなこと言える立場じゃないでしょ、これまでさんざんわたしを無視しておいて」

「だったら言わせてもらうが、おまえこそ今までの俺の忠告をどう聞いていた？　その耳はただの飾りか。これ以上傷をつけるなと言ったのに、それを無視して毎回後先考えずに突っ走り、性懲りもなく危ない目に遭うのはどこのどいつだ」

「いつも言葉が足りないくせに、こんな時ばっかり雄弁になって！」

当真との喧嘩に発展しそうになったところで、赤月が「マアマア」と割って入った。

「ナオ、そう責めるな。トーマはオマエを無視していたわけではない」

「だって、何度手紙を出しても、一回だって返事がなかったわ」

手紙はなくなっているのに、本当に受け取ってもらえたのか判らない。読まれているのかも、迷惑に思われているのかも判らない。これを「無視」と言わずして、なんと言うのだ。あの時の自分の不安と心許なさを思えば、文句の一つくらいは許されるのではないか。

「トーマは毎日あの場所に行って、ちゃんと手紙を受け取っておった。それはもう丁寧に開いて読んでいたし、今もすべて大事に保管してあるぞ」

「えっ？」

予期せぬ暴露に動揺したのは奈緒だけではなかったようで、当真は一瞬にして石になったように動かなくなった。

そこで奈緒は、あることに気がついた。ぱちぱちと瞬きをして、「あら……」と口に手を当てる。

当真の顔が赤い。

つられて、自分の頬も色づいた。

「今の……本当？」

一言だけの、短い手紙だ。しかも中身は毎回同じである。わざわざ取っておく必要はまったくないのに。

にわかには信じられず、おそるおそる確認してみると、やっと石化が解けたらしい当真が、怒ったような表情でぷいっと横を向いた。

「——だってあれは、おまえからの恋文《こいぶみ》だろ」

「こ」

恋文⁉ と叫ぼうとしたが、口は開いても喉が塞がって声が出ない。一気に血液が沸騰したように全身が熱くなり、顔はますます赤くなった。

今さらながら、気がついた。

「会いたい」とそれだけを書いた手紙。よくよく考えたら、それは確かに恋文以外の何物でもないのでは……？

しかも、かなり熱烈な。

耳の付け根まで真っ赤に染まった顔を両手で覆い隠す。もう当真の顔がまともに見られない。できることならすぐにでもこの場から逃げ出したかった。

「やっぱりあれ、返して……」

「断る」

「だったら燃やして」

「絶対嫌だ」

奈緒の懇願は、ことごとく撥ねつけられた。赤月にまで「諦めろ、ナオ」と無情なことを言われ、小さく呻いてその場にしゃがみ込んでしまう。

「……だからイヤなんだ。こんなのをずっと傍で見てろって、どんな拷問だよ」

すぐ近くで、須弥哉がぶつくさとボヤく声が聞こえた。

――須弥哉はこれからの身の振り方について、一つの結論を出した。

「また旅に出ようと思うんだ」

あやしの森から離れられない当真の代わりに、日本各地を巡って他の分家の末裔を探し、「人喰い」を封じる方法について少しでも判ることがないかを調べてみる、という。

「まあ、親父が生きていた頃からフラフラしていたからな、前と同じと言えばそうだけど。でも目的があるだけで、気の持ちようが段違いだ」

無理をしているわけではないことは、その晴れやかな表情を見れば判った。当真と直接やり合ったことでいろいろと吹っ切れたと言っていたし、心の整理がつけられたというのは確かなのだろう。

そう決めてからの彼の行動は早かった。もともと大した荷物もないし、身軽な一人旅である。翌日にはもう東京を発つと言うので、急遽あやしの森の前に集まって、慌ただしく別れの挨拶を交わすことになった。

「じゃあ元気でな、奈緒」

またその言葉かと、つい眉が下がってしまう。妖魔関連で知り合う人は、みな自分の前に現れては去っていくような気がして、悲しくなった。

「また東京に来るのよね？」

「もちろん」

須弥哉は大きな笑みを浮かべた。これが永《なが》の別れでないことに、奈緒は胸を撫で下ろす。

「あのさ」

背中に竹刀袋と荷物を背負った須弥哉が、少しだけ当真を見てから、奈緒に顔を向ける。

「……戻ってきた時には、また俺を見つけて、名を呼んでくれるかい？」

「もちろんよ」

同じ返事をすると、彼もまたホッとしたように目を細めた。皮肉さの欠片もない、柔らかな微笑みだった。

「奈緒に名を呼ばれると、自分が自分でいられる気がするんだ」

「須弥哉は須弥哉よ。他の誰も、あなたの代わりにはなれないわ」

そう答えた奈緒を見て、名残惜しそうに首を傾ける。

「——なあ、もしも奈緒が……いって！」

奈緒の手をそっと取って何かを言いかけた須弥哉は、当真に邪険に手を叩き落とされ、赤月に頭を突かれて悲鳴を上げた。

「今度いつ会えるか判らないんだから、少しくらいはいいだろ」

恨めしげな顔をしたが、一人と一羽は知らんぷりだ。なるほど、心が狭い。

「じゃあな。もう奈緒を泣かせるなよ、当真！」

はじめて当真の名を呼んで、手を上げる。当真は「余計なお世話だ」とむっつりしながら呟いた。

しかし、上げられた須弥哉の手の指先には、新しく渡された黒い羽根が、しっかりと挟まれてひらひら揺れている。

奈緒は、彼の後ろ姿が視界から完全に消えるまで、手を振って見送った。


その後、二人で暁月屋敷に向かった。

縁側に並んで座り、しばらく無言の時を過ごす。

気を利かせてくれたのか、赤月は「ちょっと散歩してくる」と森へ飛んでいってしまった。黒豆も肩の上で丸くなったまま、こちらにはまったく興味を示さない。

しんとしたその中で、奈緒はようやく口を開いた。

「あのね……」

問わず語りのように話し始めたのは、会わなかった期間、自分が何をして、何が起こり、何を思ったかということだ。

沙耶子のことも、トキのことも、本郷に「覚悟はあるか」と訊ねられたことも、すべて包み隠さず口にした。

悔しくて、悲しくて、苦しくて、怖くて、寂しかったこと。

非常に長くなったその話を当真はずっと黙って聞いていたが、最後まで話し終えたところで、一つだけ質問をした。

「――そんな思いをしてまで、どうして俺に会おうとしたんだ？」

奈緒はにっこり笑い、言ってやった。

「あなたの傍にいたいからよ」

言葉に詰まった当真を見て、ちょっと胸がすっとする。

「……本当のことを言うと、まだ覚悟っていうのがどんなものかは、よく判っていないの。だけどどんな思いをしても、当真に会いたいという気持ちは変わらなかった。妖魔で苦しむ人がこれ以上増えないでほしいとも願ってる。そのために自分に何ができるのかということを、これからたくさん考えていきたい。当真が背負っている重いものを、分けてもらうことは無理でも、せめて傍で支えて少しでも楽になってもらいたい。わたしがそう思っているということを、どうしても当真に伝えたかった」

当真は何も言わず、前方の殺風景《さっぷうけい》な庭に視線を向けている。

とりあえず言いたいことは全部言ったので、奈緒はさっぱりした。

拒絶されるかもしれないし、やっぱりもうここには来るなと言われるかもしれないが、それはそれで受け入れようと思った。きっと泣くだろうし、しばらくは立ち直れないだろうが、以前のようなモヤモヤした心残りはなくなる。

人の心ばかりは、一方通行では成り立たない。

どこか凪いだ気分で自分も黙って庭に目をやっていたら、しばらくして隣からぽつりと声が聞こえた。

「……俺も」

「え？」

「俺にも、別の覚悟が必要なんだろうな」

顔をそちらに向けると、当真がいつの間にか奈緒のほうをじっと見つめていた。まっすぐ向かってくるその眼差しに、心臓が跳ね上がる。

「奈緒、まずは女学校を卒業しな」

「え」

「それからどちらへ進むのか、おまえの意志で決めればいい。──俺はいつでも、このあやしの森で、奈緒が来るのを待ってる」

ぽかんとしたのは少しの間で、みるみるうちに顔が火照ってきた。

それって、つまり──

「ああそうだ、これを忘れてた」

赤い顔で固まっている奈緒に、当真が思い出したようにポケットから取り出して差し出したのは、白いリボンだった。

「これ……」

「おまえのだろ？」

伊万里の件を知らせる時に、手紙と一緒に枝に結びつけたリボンだ。こちらは返してくれるらしい。

ありがとう、と手を出したら、当真はそこに載せず、手首にくるっと巻きつけた。

「髪に結ぶのは無理だからな」

その言葉に、ふふっと笑ってしまう。当真が自分の頭にリボンをつけてくれるところを想像するだけでも可笑しいが、代わりに手首に結びつけるという可愛い発想をするとも思わなかった。

「わたし、もう道は決めているわ」

当真に出会う前、奈緒が進む道は自分以外の誰かが決めるものだと思っていた。閉塞した状況に風穴が開くことを願いつつ、心のどこかで諦めてもいた。

でもきっと、自分の生き方は、自分でいくらでも決められる。

取捨選択を担うということは、その結果についての責任も負うということだ。それはおそらく想像よりもずっと大変なのだろうが、そこから逃げたいとは思わなかった。この先に何が起きるのかは判らなくても、自分が後悔しない道を選ぶことはできるはず。

後悔しないためにはどうすればいいか、これから一生懸命考えよう。

この小さな二つの手で何が掴めるのかを、頑張って探し続けよう。

……奈緒は、心を許せる人の隣で、自分らしく生きていきたい。

手首のリボンは、そのための約束のしるしのように思えた。具体的なことはお互い口には出さなくても、今この時、二人の間で交わしたもの、自分の心に誓ったものは確かにある、というしるし。

「必ず」

目元を緩めてそう言うと、当真が微笑んだ。

上体を傾けて、その顔がゆっくりと近づいてくる。

掠めるように唇に温かいものが触れたのは、ほんの一瞬のことだった。

あやしの森で、ギャアギャアとカラスが鳴いている。その浮かれた声は、熟れたように赤くなった奈緒の耳に、ちゃんと人の言葉として聞こえた。

――めでたい、めでたい！　ホッ、ホッ、ホッ！

この作品は文春文庫のために書き下ろされたものです。

本文デザイン　野中深雪

ＤＴＰ制作　エヴリ・シンク

文春文庫

暁《あかつき》からすの嫁《よめ》さがし　二

定価はカバーに表示してあります

2024年6月10日　第1刷

著　者　雨《あま》咲《さき》はな
発行者　大沼貴之
発行所　株式会社　文藝春秋

東京都千代田区紀尾井町 3-23　〒102-8008
TEL　03・3265・1211㈹
文藝春秋ホームページ　http://www.bunshun.co.jp

落丁、乱丁本は、お手数ですが小社製作部宛お送り下さい。送料小社負担でお取替致します。

印刷製本・TOPPAN

Printed in Japan
ISBN978-4-16-792238-2

（　）内は解説者。品切の節はご容赦下さい。

青山文平
跳ぶ男
弱小藩お抱えの十五歳の能役者が、藩主の身代わりとして江戸城に送り込まれる。命がけで舞う少年の壮絶な決意とは。謎と美が満ちる唯一無二の武家小説。（川出正樹）
あ-64-5

阿部智里
烏《からす》に単《ひとえ》は似合わない
八咫烏の一族が支配する世界「山内」。世継ぎの后選びを巡る有力貴族の姫君たちの争いに絡み様々な事件が……。史上最年少松本清張賞受賞作となった和製ファンタジー。（東　えりか）
あ-65-1

阿部智里
烏《からす》は主《あるじ》を選ばない
優秀な兄宮を退け日嗣の御子の座に就いた若宮に仕えることになった雪哉。だが周囲は敵だらけ、若宮の命を狙う輩も次々に現れる。彼らは朝廷権力闘争に勝てるのか？（大矢博子）
あ-65-2

朝井リョウ
武道館
【正しい選択】なんて、この世にない。「武道館ライブ」という合言葉のもとに活動する少女たちが最終的に〝自分の頭で〟選んだ道とは——。大きな夢に向かう姿を描く。（つんく♂）
あ-68-2

朝井リョウ
ままならないから私とあなた
平凡だが心優しい雪子の友人、薫は天才少女と呼ばれる。成長に従い、二人の価値観は次第に離れていき、決定的な対立が訪れるが……。一章分加筆の表題作ほか一篇収録。（小出祐介）
あ-68-3

安東能明
夜の署長
新米刑事の野上は、日本一のマンモス警察署・新宿署に配属される。そこには〝夜の署長〟の異名を持つベテラン刑事・下妻がいた。警察小説のニューヒーロー登場。（村上貴史）
あ-74-1

安東能明
夜の署長2
密売者
夜間犯罪発生率日本一の新宿署で〝夜の署長〟の異名を取り、高い捜査能力を持つベテラン刑事・下妻。新人の沙月は新宿で起きる四つの事件で指揮下に入り、やがて彼の凄みを知る。
あ-74-2

安東能明
夜の署長3
潜熱
ホスト狩り、万引き犯、放火魔、大学病院理事長射殺。夜間犯罪発生率日本一・新宿署の「裏署長」が挑む難事件。やがて20年前の因縁の事件の蓋が開き……人気シリーズ第3弾！
あ-74-3

明石家さんま　原作
Ｊｉｍｍｙ
一九八〇年代の大阪。幼い頃から失敗ばかりの大西秀明は、高校卒業後なんば花月の舞台進行見習いに。人気絶頂の明石家さんまに出会い、孤独や劣等感を抱きながら芸人として成長していく。
あ-75-1

浅葉なつ
どうかこの声が、あなたに届きますように
地下アイドル時代、心身に傷を負った20歳の奈々子がラジオアシスタントに。「伝説の十秒回」と呼ばれる神回を経て成長する彼女と、切実な日々を生きるリスナーの交流を描く感動作。
あ-77-1

浅葉なつ
神と王
亡国の書
弓可留国が滅亡した日、王太子から宝珠「弓の心臓」を託された慈空。片刃の剣を持つ風天、謎の生物を飼う日樹らと交わり、命がけで敵国へ――新たな神話ファンタジーの誕生！
あ-77-2

浅葉なつ
神と王
謀りの玉座
琉劔の若き叔母であり、虫を偏愛する斯城国副宰相・飛揚。ある小国の招待を受けたが、現王に関する不吉な噂を耳にする――「世界のはじまり」と謎を追う新・神話ファンタジー第二巻。
あ-77-3

天祢　涼
希望が死んだ夜に
14歳の少女が同級生殺害容疑で緊急逮捕された。少女は犯行を認めたが動機を全く語らない。彼女は何を隠しているのか？　捜査を進めると意外な真実が明らかになり……。（細谷正充）
あ-78-1

天祢　涼
葬式組曲
喧嘩別れした父の遺言、火葬を嫌がる遺族、息子の遺体が霊安室で消失……社員4名の北条葬儀社に、故人が遺した様々な〝謎〟が待ち受ける。葬式を題材にしたミステリー連作短編集。
あ-78-2

（　）内は解説者。品切の節はご容赦下さい。

朱野帰子
科学オタがマイナスイオンの部署に異動しました
電器メーカーに勤める科学マニアの賢児は、非科学的商品を「廃止すべき」と言い、鼻つまみ者扱いに。自分の信念を曲げられずに戦う全ての働く人に贈る、お仕事小説。（塩田春香）
あ-79-1

秋吉理香子
サイレンス
深雪は婚約者の俊亜貴と故郷の島を訪れるが、彼には秘密があった。結婚をして普通の幸せを手に入れたい深雪の運命が狂い始める。一気読み必至のサスペンス小説。（澤村伊智）
あ-80-1

朝井まかて
銀の猫
嫁ぎ先を離縁され「介抱人」として稼ぐお咲。年寄りたちに人生を教わる一方で、妾奉公を繰り返し身勝手に生きてきた、自分の母親を許せない。江戸の介護を描く傑作長編。（秋山香乃）
あ-81-1

彩瀬まる
くちなし
別れた男の片腕と暮らす女。運命で結ばれた恋人同士に見える花。幻想的な世界がリアルに浮かび上がる繊細で鮮烈な短篇集。直木賞候補作・第五回高校生直木賞受賞作。（千早　茜）
あ-82-1

芦沢　央
カインは言わなかった
公演直前に失踪したダンサーと美しい画家の弟。代役として主役「カイン」に選ばれたルームメイト。芸術の神に魅入られた男と、なぶられ続けた魂。心が震える衝撃の結末。（角田光代）
あ-90-1

石田衣良
池袋ウエストゲートパーク
刺す少年、消える少女、潰し合うギャング団……命がけのストリートを軽やかに疾走する若者たちの現在を、クールに鮮烈に描いた人気シリーズ第一弾。表題作など全四篇収録。（池上冬樹）
い-47-1

石田衣良
池袋ウエストゲートパーク ザ レジェンド
時代を鮮やかに切り取る名シリーズの初期から近作まで、読者投票で人気を集めたレジェンド級エピソード八篇を厳選した〈傑作選〉。マコトとタカシの魅力が全開の、爽快ミステリー！
い-47-36

池井戸 潤
オレたちバブル入行組
支店長命令で融資を実行した会社が倒産。社長は雲隠れ。上司は責任回避。四面楚歌のオレには債権回収あるのみ……。半沢直樹が活躍する痛快エンタテインメント第1弾！　（村上貴史）
い-64-2

池井戸 潤
かばん屋の相続
「妻の元カレ」「手形の行方」「芥のごとく」他。銀行に勤める男たちが、長いサラリーマン人生の中で出会う、さまざまな困難と悲哀。六つの短篇で綴る、文春文庫オリジナル作品。　（村上貴史）
い-64-5

池井戸 潤
民王
夢かうつつか、新手のテロか？　総理とその息子に非常事態が発生！　漢字の読めない政治家、酔っぱらい大臣、バカ学生らが入り乱れる痛快政治エンタメ決定版。　（村上貴史）
い-64-6

乾《いぬい》 くるみ
イニシエーション・ラブ
甘美で、ときにほろ苦い青春のひとときを瑞々しい筆致で描いた青春小説――と思いきや、最後の二行で全く違った物語に！「必ず二回読みたくなる」と絶賛の傑作ミステリ。　（大矢博子）
い-66-1

乾 くるみ
リピート
今の記憶を持ったまま昔の自分に戻る「リピート」。人生のやり直しに臨んだ十人の男女が次々に不審な死を遂げて……。『イニシエーション・ラブ』の著者が放つ傑作ミステリ。　（大森 望）
い-66-2

伊坂幸太郎
死神の精度
俺が仕事をするといつも降るんだ――七日間の調査の後その人間の生死を決める死神たちは音楽を愛し大抵は死を選ぶ。クールでちょっとズレてる死神が見た六つの人生。　（沼野充義）
い-70-1

伊坂幸太郎
死神の浮力
娘を殺された山野辺夫妻は、無罪判決を受けた犯人への復讐を計画していた。そこへ人間の死の可否を判定する〝死神〟の千葉がやってきて、彼らと共に犯人を追うが――。　（円堂都司昭）
い-70-2